口入屋用心棒

殺し屋の的

鈴木英治

双葉文庫

目次

殺し屋の的　口入屋用心棒

第一章

一

　それまで晴れていた空が一転、かき曇(くも)った。ぽつりぽつりと雨が落ちてくる。

「まずいな」

光輪丸(こうりんまる)の船頭を務める猪四郎(いのしろう)のつぶやきが、耳に飛び込んできた。ぎくりとして鉄三(てつぞう)は踏立板(ふたていた)の上で足を止めた。

「まさか嵐になるんじゃありませんか」

西の空に目を当てている猪四郎を凝視(ぎょうし)しながら鉄三はきかずにいられなかった。

　水夫(かこ)ごときがなにを偉そうな口を利(き)いているんだ、といわんばかりに猪四郎が、ぎろりとにらみつけてきた。

仁王を思わせるような体軀と瞳をしており、普段ならちょっとやそっとでは動じない鉄三でさえ足がすくんだ。

この船頭は怖い。なにをしでかすか、わからない恐ろしさがある。この船の船頭になる前、いったいなにをしていたのだろうか。

ふっ、と目から力を抜いた猪四郎が存外に柔らかな口調で、ああ、とうなずいた。

「すぐにでも嵐になりそうな雲行きだ」

鉄三は素早く振り返り、西の空を見上げた。その途端、ごくりと喉仏が上下した。

とぐろを巻いたような雲がいくつも寄り集まり、何匹もの邪悪な蛇が絡まり合っているように見える。

息をのんで見守っているうちに、蛇の群れは一匹の巨大な龍と化し、急速にこちらに近づきはじめた。今にも獰猛な龍に追いつかれそうな気がし、鉄三は背筋が薄寒くなった。

北前船に乗って三年になるが、これまで運がいいことに、嵐に襲われたことは一度もなかった。しかし、その幸運も今日限りのようだ。

「でしたら、近くの湊に入りますかい」

猪四郎に目を戻して鉄三は問うた。むう、とうなり声を発し、猪四郎が顔を歪める。

「せっかくここまで来たというのに湊に逃げ込むのは口惜しくてならねえが、そうせざるを得まい」

首を縦に振ってみせた猪四郎がいきなり、耳をつんざくような大声を発した。

「皆の者ーっ、嵐が来るぞっ。針路を変え、近くの湊に入るのだっ」

いま光輪丸は出羽庄内の酒田を目指し、越後沖を北上している。おそらく村上湊が最も近いのではないか。

「急げっ、ぐずぐずするな。舵を切れっ」

目を血走らせ、猪四郎がさらに声を張り上げた。それと同時に風が強まり、大粒の雨が降りつけてきた。顔に痛みを覚えるほどの降りだ。

頭上に黒々とした雲が覆いかぶさってきて、あたりが急に暗くなった。光輪丸の舵が大きく右に切られる。

強風に煽られてしぶきを上げはじめた波を二つに割るようにして船が傾き、船首が東を向いた。振り落とされないよう鉄三は垣立を握り締めた。

正面にうっすらと陸地が見えている。それを目当てに光輪丸が進みはじめた。

さらに強くなった風を受けて、帆柱（ほばしら）が、ぎしぎしときしみはじめた。夜が到来したかのように空は真っ暗になり、手元すら見えにくくなっている。

ついさっきまで見えていた陸地も、今は闇に没している。

不意に頭上で、ばん、と音がし、船が一気に速さを増した。見ると、帆が風を一杯にはらんでいた。帆柱が斜（なな）めに大きく傾き、今にも折れんばかりになっている。

「半帆（はんぼ）にしろっ」

このままでは強風で帆柱が折れてしまうと危惧（きぐ）したか、猪四郎が風雨に負けぬ声で命じた。

「承知しやしたっ」

即座に応じた鉄三は、何人かの水夫とともに帆柱に取りついた。

だが、半帆にする前に再びすさまじい強風が吹きつけてきた。鉄三は体が浮き上がり、危うく海に飛ばされかけた。

ぎぎぎ、と帆柱が大きな音を立てて竹のようにしなった。その直後、ばきばきばき、と轟音（ごうおん）が響き渡り、一瞬で折れた。

一人の若い水夫が逃げ遅れて帆柱の下敷きになり、ぎゃあ、と断末魔のような声を上げた。背中に帆柱がまともにのっている。

「いま助けるからな」

鉄三はすぐさま駆け寄り、しゃがみ込んだ。若い水夫は目を開けてはいるものの、ぐったりして、すでに息絶えているように見えた。

「もうそいつは駄目だ。今はこの船のことだけを考えろ」

頭の上から声が降ってきた。見上げると、猪四郎が立っていた。

「し、しかし……」

「おめえも、そいつのように死にてえのか」

いかにも冷酷な物言いだ。

「いえ、死にたくありません」

「ならば、もう動かねえやつはほっといて、この船のために働くんだ」

わかりやした、と答えて強風の中、鉄三は立ち上がった。

「しかし船頭さん、帆柱が折れてしまって、なんとかなるんですかい」

「浮いてさえいれば、まだなんとかなる。とにかく、船を沈めねえことが肝心だ」

鉄三自身、こんなところで死ぬつもりはない。あきらめる気など、端からなかった。

「わかりやした」

そのあいだにも風雨はさらに激しくなり、いつしか目をみはるほど波が高くなっていた。船に覆いかぶさってくるような大波を、光輪丸は繰り返し受けた。まるで木の葉と化したように、船首が激しく上下している。波に持ち上げられた船が、波の谷間に一気に落ちていくときには、胃の腑が口から飛び出るような心持ちがした。

光輪丸は浸水がひどくなり、喫水が深くなりつつあった。

「水をかき出せっ」

猪四郎が大声で命じる。鉄三は手桶を持ち、溜まった水をかき出しはじめた。他の水夫たちも必死に同じことをしている。

だが鉄三たちの努力は、なんの足しにもならなかった。船内に入ってくる水が多すぎて、笊でかき出すも同然だったのだ。

船に入り込んだ水の重みで、波が絶え間なく垣立を乗り越えてくるようになった。

「なんとかしろっ。なんとかするんだっ」

猪四郎の怒声（どせい）が風雨にかき消されそうになる。鉄三は手桶を持つ手を忙（いそが）しく動かした。だが、結局は無駄なことでしかなかった。

あまりに喫水が深くなりすぎて、船首や胴（どう）の間（ま）の上を、波が洗っていた。船はかろうじて海面に浮いているに過ぎない。

そのさまを目の当たりにして、もうこの船は駄目だ、と鉄三は覚（さと）った。次に大波が襲ってくれば、光輪丸は沈没する。

そのことは猪四郎も解したようだ。またも大声を飛ばしてきたが、それは命令や叱咤（しった）ではなかった。

「皆の者、神に祈るんだ」

その声を受けて、水夫たちが船首に集まりはじめた。住吉大明神（すみよしだいみょうじん）、どうか我らをお守りください、と手を合わせて声を張り上げる。ある者は御幣（ごへい）まで持ち出していた。だがそれも、風に巻き上げられて一瞬でどこかに飛んでいった。

鉄三はその輪に加わらなかった。神仏など当てにならない。これまでの人生で、神や仏に救ってもらったことなど一度もない。

猪四郎が神に祈れといった以上、もはや沈没は免（まぬが）れないのだ。それならば、少しでも生き延びる努力をするほうがよい。鉄三はこれまでずっとそうやって生きてきた。

浮力のある物と自分を縄で結べば、海に投げ出されても、溺れ死には避けられるはずだ。

それに季節は今、夏である。日本海の水は冷たいが、凍え死にするようなことはまずあるまい。

上下に揺れ動く船の上を這いつくばって、鉄三は縄がないか探した。垣立のそばでとぐろを巻いていた縄を手に取った。今も、水夫たちの祈りの声は続いている。

波に打たれ続けたことで外れたらしい一枚の踏立板を拾い、鉄三はその場に座り込んだ。踏立板を縄で縛り、縄の一方を両の腋の下を通して胸部にかたく巻きつける。

これでよし。ほっとしたのも束の間、不意に山のような波が盛り上がったのを目の当たりにした。

今までで最も大きな波である。大波が寄せてくるのを鉄三は呆然と見上げた。

瀑布のようになった大波が光輪丸を呑み込んだ。その瞬間、船が、ぐしゃっと真っ二つに割れたように見えた。

船首で祈りを捧げていた水夫たちが、あっという間にさらわれていき、祈りの声は一瞬で消え去った。その直後、鉄三も波に巻き込まれていた。

目の前が真っ白になったが、こんなところで死ねるか、と必死にじたばたと手足を動かした。すると、すうっと上のほうに体が引っ張られていくのを感じた。

突然、海面に出たのがわかった。目を開けると、荒れ狂う波間に顔を出していた。

思い切り息を吸ったが、海水をかなり飲んだせいで、咳が止まらない。目も海水にやられ、しみるように痛かった。

こんなざまでも俺はまだ生きている、と思った。体と踏立板を縄で結びつけたおかげで、海面に浮かぶことができたのだ。

光輪丸の船影はどこにも見当たらない。先ほどの大波に呑まれて沈没したようだ。

俺は必ず生き延びてみせる、と荒れ狂う波に翻弄されながら鉄三は思った。これまでどんな危うい目に遭っても生き抜いてきたではないか。このくらい屁でもない。

大きく上下する波とごうごうとうなりを上げる風の中、縄を引いて踏立板を手繰り寄せ、鉄三は抱きついた。それで体が楽になった。

この踏立板につかまっていれば、当分は大丈夫だろう。

問題は、他の水夫たちが助けを求めてきたときだ。踏立板一枚では、鉄三一人の重さに耐えるのが精一杯だろう。

そのときは鬼になるしかあるまい、と鉄三は腹を括った。生きるため、他を犠牲にするしかない。

すぐ近くから、助けてくれえ、とうめくような声が耳に届いた。驚いてそちらを見ると、一人の男が浮いていた。

「康太じゃねえか」

水夫仲間だった男である。風待ちのときなどで陸に上がった際は、よく一緒に酒を飲んだ仲である。

「た、助けてくれ」

荒い波の中、康太が踏立板にしがみつこうとする。

「やめろっ」

鉄三は康太の手を邪険に払った。康太が、信じられないという表情で鉄三を見る。

「そんな顔をするなっ」

怒号した鉄三は拳を振り上げ、康太の頬を思い切り殴りつけた。がつっ、と音がし、康太の顔が横に跳ね上がった。ごぼごぼと泡を水面に残し、海中に沈んでいく。

だがそれも束の間、また浮き上がり、踏立板に手を伸ばしてきた。鉄三はまたもその手を払いのけ、康太の顔を拳で打ち据えた。手応えはあったが、康太は、今度は沈まなかった。いつの間にか踏立板につかまっていたのだ。

この野郎っ、と怒鳴りつけ、康太に向かって拳を振るい続けた。

気づくと、康太が目の前から消えていた。やっといなくなりやがった、と深い息をついたとき、またしても大波が眼前に盛り上がった。うおっ、と自然に声が出た。

土砂崩れのように波が頭上に覆いかぶさってきた。次の瞬間、鉄三は強い力で海中に引きずり込まれた。

なんて冷たいんだ、と思った直後、暗黒が視界を覆い尽くした。

その後は、なにもわからなくなった。

二

駒込追分で、道は日光街道と中山道に分かれる。

前を行く中間の伊助が振り向いた。

「こちらです」

うん、とうなずいて南町奉行所の定町廻り同心樺山富士太郎は左に道を取り、中山道に入った。

中山道は、ほぼまっすぐに北へと延びている。街道の右側は駒込片町の町並みが続き、左側は御家人のものらしい屋敷がずらりと建ち並んでいる。

歩きながら富士太郎は、ふと珠吉のことが気になり、ちらりと後ろを見た。

珠吉とまともに目が合った。

「旦那、どうかしましたかい」

どこかおもしろくなさそうな顔で珠吉がきいてくる。

「いや、珠吉が疲れてやしないかと思ってさ。けっこう歩いてきたし……」

やはりそのことだったか、と解したように珠吉が眉根を寄せた。

「旦那に気にかけてもらえるのはうれしいんですが、あっしは大丈夫ですよ。なんといっても、鍛え方がちがいますから」

「それはよくわかっているんだけどさ。でも珠吉も、いい歳だからね……」

「そういう旦那こそ気をつけてくだせえよ。ほら、前を見て歩かねえと頭をぶつけますぜ」

えっ、と富士太郎はすぐさま前を向いた。商家の軒柱が間近に迫っていた。

体をひねって富士太郎はよけた。再び珠吉に顔を向けようとしたが、止められた。

「旦那、わざわざこっちを見ずともいいですよ。もし旦那に怪我でもされたら、世の中のためになられえ。旦那は、南町奉行所の屋台骨を背負う男ですぜ。江戸の平穏を、これからずっと守っていかなきゃならねえんですから」

——屋台骨を背負う男かどうかは怪しいけど、体を張ってこの町を守っていかなきゃならないのは、まちがいないねえ。近いうち、珠吉もいなくなってしまうし。

珠吉は六十五になったら中間を辞めて隠居すると明言しているのだ。

旦那、と珠吉が富士太郎の背中に語りかけてくる。

「あっしはもう歳で、だいぶくたびれてはきましたけど、こうして毎日毎日、旦那にくっついて歩いていますからね。このくらいで疲れちまうなんざ、あり得ませんよ」

「それも、わかっているんだけどさ」

「確かに、いつまでも旦那の中間は続けられねえ。隠居が近いのはわかっちゃいるんですけど、それまではなにがあろうと、立派に勤め上げてみせますんで、あっしのことを気にするのは、どうか、やめてくだせえ」

落ち着き払った声音で懇願され、富士太郎は足を止めて珠吉の顔をじっと見た。朝の五つ半過ぎの日が町家の屋根を越えて射し込んでおり、珠吉の顔を穏やかに照らしている。

実際、珠吉の血色はかなりよいように見えた。これなら本当に心配はいらないようだね、と富士太郎は思い、首を縦に動かした。

「うん、よくわかったよ。珠吉のことはどうしたって気にはなるけど、もうなにもいわないようにするよ」

「よろしく頼みます」

笑みを浮かべて珠吉が軽く辞儀する。顎を引いた富士太郎は前を向き、また足を進めはじめた。

それから十町ばかり行くと、小石川白山前町に差しかかった。伊助が富士太郎を振り向いた。

「旦那、こちらです」

中山道から斜め左へ戻るように立ち入る道があり、富士太郎たちは足を踏み入れた。

半町近く行ったところで伊助が立ち止まり、広い道を手のひらで示した。

「今度はこの道をまいります」

その道の入口には、大きな鳥居が建っていた。白山権現の参道である。緩やかな上り坂になっている道を伊助が歩き出す。

富士太郎は参道の端に寄って一礼し、鳥居をくぐった。正面に、高台に広がる白山権現の境内が見えた。

参道は一町ほどの長さがあり、両側には白山門前町の店や家がびっしりと並んでいる。たいていの店がすでに商売をはじめており、団子などが焼ける香ばしいにおいがそこかしこから漂ってきた。

朝餉は食べてきたが、富士太郎はそそられるものがあった。しかし、今は事件の起きた現場に向かっている最中である。食べ物に心を奪われている場合ではない。

参道の突き当たりは白山権現の境内に上がるための階段になっているが、その手前で人だかりができていた。心中と聞いて見物に来た野次馬（やじうま）であろう。

それにしても、と富士太郎は人だかりを目当てに進みながら思った。またしても心中とは、江戸の町はどうしてしまったのだろうか。

このところ、他の同心の縄張（なわばり）で心中騒ぎが頻発（ひんぱつ）しているのだ。以前から決して少なくはなかったが、今は比べ物にならないほど増えてきている。

――それが、ついにおいらの縄張でも起きちまったんだね……。

心中の多発をなんとかしたい、と富士太郎は考えているが、今のところ有効な手立ては見出だせていない。

――心中を減らす方法なんて、果たしてあるのかな。でも、このまま手をこまねいているわけにはいかないしね……。

そんなことを考えながら進んでいると、前から両肩を大きく揺らしながら大股で歩いてくる男が視界に入った。おや、と富士太郎は目を留めた。

――あいつは。

我知らず眉根が寄ったのを富士太郎は感じた。珠吉もその男に気づいたようで、富士太郎の背後で剣呑な気を発している。

男のほうも、富士太郎たちを認めたようだ。足早に近づいてきて足を止め、小腰をかがめる。

「これは樺山の旦那。このようなところまでご足労いただき、まことにありがとうございます」

男は津之助といい、以前は岡っ引を務めていた。相変わらず灰色の顔色をしており、肌はざらついて、まるで砂を顔にまぶしたかのように見える。

――悪いことばかりしていると、人の心を失って、きっとこんな顔になっちまうんだろうね。

津之助、と富士太郎は無愛想に呼んだ。

「このあたりは縄張だから、おいらが足を運ぶのは当然だよ。それよりおまえのほうこそ、なんでこんなところにいるんだい。まさかこたびの一件に、首を突っ込もうってんじゃないだろうね」

剽げるように津之助が手を振った。

「あっしはもう隠居の身ですから、首を突っ込もうなんて気は、毛頭ございませんよ。あっしは、ただ白山権現にお参りに来ただけなんですから」

「ああ、そうかい、それならいいんだ。白山権現にはよく来るのかい」

「ええ、この近所で妾（めかけ）と一緒に暮らしておりますので、ほとんど毎日……」

「ああ、そうだったのかい。おまえがおいらの縄張内で暮らしていたなんて、知らなかったよ」

それを聞いて津之助が意外そうな顔になる。

「そうですかい。旦那はご存じなかったんですかい」

「別に知りたくもないしね」

旦那、と津之助がいった。

「あっしはずいぶん嫌われちまったようですねえ」

当たり前だよ、と富士太郎は大まじめに口にした。

「おまえは、それだけのことをしてきたんだ。江戸の者から、ゲジの津之助と呼ばれていたくらいなんだからね」

ははは、と津之助が軽い笑い声を上げた。

「あっしは、褒（ほ）め言葉だと思っていますよ。なんといっても、彼（か）の梶原景時（かじわらかげとき）公と同じ渾名（あだな）ですからね」

梶原景時は平安時代の末、源頼朝の側近として活躍した武将だが、対立した源義経を失脚に追い込んだ。そのやり口があまりに陰湿だったせいで人々にゲジと呼ばれ、まったく人気がない。いや、むしろ憎まれているくらいだ。

津之助も大勢の者から憎悪されているという点では、梶原景時と同様である。

「津之助、じゃあまたな」

「ええ、樺山の旦那、がんばってくだせえ。珠吉、おめえは旦那の足手まといになるんじゃねえぜ」

「ゲジが偉そうにいってるんじゃねえ」

珠吉が凄むようにいうと、ふっ、と津之助が鼻で笑った。

「相変わらず威勢だけはいいな」

「うるせえ。津之助、とっとと去ね」

「へいへい、わかりましたよ」

首をすくめた津之助が、富士太郎たちのそばを離れようとした。その途端、ぎくりと体をかたまらせ、きょろきょろと周りを見はじめた。

「どうかしたのかい」

富士太郎にきかれて津之助が目を泳がせた。

「いや、いま誰かに見られていたような気がしたもので……」

えっ、と富士太郎はあたりを見回した。しかし、津之助をじっと見ているような者はいない。

富士太郎は津之助に眼差しを戻した。

「おまえさんは大勢にうらまれているから、じろじろ見られるなんて、珍しくもないんじゃないのかい」

いえいえ、と津之助が首を横に振った。

「今みたいな粘つくような眼差しを感ずるなんざ、滅多にあるもんじゃございません」

「ゲジと呼ばれた男にしては、意外に小心なんだね」

「日に何度も得体の知れない眼差しを感じたら、誰だってびくつきますよ。それに、あっしももう歳ですから……」

「日に何度もなんて、つきまとわれてるんじゃないかい。本当に眼差しの主の姿を見ちゃいないのかい」

「ええ、まだ一度も……」

津之助、と富士太郎は呼びかけた。

「とにかく、用心を怠らないことだね。隙さえ見せなければ、仮に襲われたりしても、きっと大丈夫さ。なんなら、用心棒でも雇ったらどうだい」

「用心棒ですか……。いい手かもしれませんねえ。せっかく六十過ぎまで生きてきたんだ。そうたやすく、くたばってたまるもんですか」

力んだように津之助がいった。津之助、と珠吉が呼んだ。

「うちの旦那のいう通り、せいぜい身辺に気をつけるこった。おまえを狙っている者など、この世にごまんといるからな」

憎々しげな目を津之助にぶつけて珠吉がいった。

「うるせえ。それはおめえもだ。おめえも俺と同じで、悪党どもにうらまれているだろうが」

「同じじゃねえ。おめえは悪党だけじゃあなく、江戸の町人たちからもうらまれているんだからな」

顔を突き出すようにして、珠吉が激しく言い返した。

ふん、とおもしろくなさそうに津之助が鼻を鳴らした。両肩を大きく揺らすと、富士太郎たちに背中を向けて参道を鳥居のほうに歩きはじめた。

「いやな男と会っちまったよ」

富士太郎は気分が悪くなるのを覚え、顔を歪めた。

「まったくですね」

間を置くことなく珠吉が同意する。

「あの、今の男は何者なんですか」

目を丸くして伊助が富士太郎にきいてきた。

「ゲジの津之助といってね、元岡っ引だよ」

「えっ、岡っ引だったんですか。旦那の縄張内で働いていたのですか」

「あいつの縄張は浅草(あさくさ)とか神田(かんだ)のほうだよ。同心の持ち場とは、あまり関係なく動いていたようだね」

すぐに富士太郎は言葉を継(つ)いだ。

「津之助は数年前に隠居したんだけど、それまでずっと悪さばかりしてきたんだ。無実の人に濡衣(ぬれぎぬ)を着せて、牢(ろう)に送り込むなんてことを、平気でしていたんだよ」

「ええっ、それはひどい。ひどすぎる」

驚きのあまり、伊助が声を上げる。

「津之助はその縁者(えんじゃ)から身代(みのしろ)も同然に金をむしり取り、牢から出してやるということを繰り返していた。それで、江戸の者から蛇蝎の如く嫌われていたんだよ。今は妾と一緒に暮らしているといっていたから、よほど貯め込んでたんだろうね」

「そんな悪行を繰り返しておいて、どうして捕まらなかったんですか」

不思議そうに伊助が問うてくる。富士太郎は苦い顔をつくった。

「生来、鼻が利くんだろうね、津之助は大手柄をよく立てていたんだ。その上、いろいろな人に鼻薬を嗅がせて、うまく立ち回っていた。おいらはそのやり口が嫌いでね。なんとしてもとっ捕まえたかったけど、証拠をつかむ前にあいつは隠居しちまった」

「ああ、そうだったんですか……」

「旦那が本気になったのを知って、津之助はさっさと身を引いたんですよ」

唇を嚙んで珠吉がいい、言葉を続ける。

「旦那は奉行所きっての腕利きだし、鼻薬も効かない。本当に牢に入れられるかもしれねえってんで、津之助の野郎は岡っ引をやめちまったんだ。岡っ引が牢に入ったら、まず生きては出てこられねえからな」

「あの男を捕まえられれば、苦しめられた人たちの無念を晴らせると思ったんだけど、逃げ切られちまった……」

「それは残念でしたね……」

気の毒そうに伊助がいった。旦那、と珠吉が呼びかけてくる。

「あいつの家は、どこにあるんですかね」

「白山権現に毎日のようにお参りに来るといっていたから、そう遠くないところだろうね。でも珠吉、なんでそんなことをきくんだい」

「火でもつけてやろうと思いまして」

「駄目だよ、珠吉。そんなことをしちゃ」

間髪を容れずに富士太郎はたしなめた。

「もちろん冗談ですよ」

珠吉が苦笑してみせる。

「あいつの家だけが燃えるんならいいですけど、延焼しちまったら大変ですからねえ。あっしは人さまの迷惑になるようなことは、決してしませんから。それは肝に銘じていますんで」

「とにかく、家に火をつけるなんて物騒なことはやめておくれよ」

「ええ、よくわかっています。どのみちあの男が、いい死に方をするはずがねえ。そのうち誰かに殺されるに決まってますよ」

そうかもしれないね、と富士太郎は心の中でうなずいた。

富士太郎たちは、人だかりの近くまで歩き進んだ。

「町方の旦那が通るよ。道を開けとくれ」

人垣に向かって伊助が声を張り上げる。だが周りの喧騒にかき消されて、野次馬たちは動こうとしない。

「町方の旦那のおでましだっ。さっさとどいてくんなっ」

腹の底から響くような、どすの利いた大声を発したのは珠吉だった。

えっ、と野次馬の誰もが振り返り、その剣幕に圧倒されたような目を向けてきた。

「さあ、道を開けるんだ」

手を大きく振った珠吉に従い、野次馬がぞろぞろと横にどいた。

さすがだねえ、と感心しながら富士太郎は前に進んだ。

伊助も珠吉の迫力に驚いているようだ。こうしなきゃいけないのか、と解したような顔つきである。

富士太郎は足を運びつつ、階段の前にある二つの筵の盛り上がりをじっと見た。その手前には縄が厳重に張られ、野次馬を寄せつけないようにしてある。

特に心中の場合、野次馬が死骸に近づかないよう縄をがっちりと張り巡らせよと、厳(げん)に定められているのだ。

心中は、真似をする者がとにかく多い。心中という言葉が民衆の心を惹(ひ)きつけると考えた公儀は、八代将軍吉宗(よしむね)のときに、呼び名を相対死(あいたいじに)に改めさせた。

だがその効果のほどを、富士太郎はほとんど感じたことがない。心中が多発するのは、ほかにわけがあるはずだが、それがなんなのか、富士太郎にもよくわからない。

——この先、生きていくことが不安で仕方がないのかな。不安を抱えたまま生きるより、死んだほうが楽だと思ってしまうのかな。二人で死ぬという甘美(かんび)さもあるのかもしれないね。とにかく、生きる望みが持てるような世の中にしなきゃいけないよ。

どうぞ、といって一足前に出た伊助が縄を持ち上げる。

ありがとうね、と礼を述べて富士太郎は縄をくぐった。筵のそばで人待ち顔に立っている五人の男に近づく。

五人は白山門前町の町役人(ちょうやくにん)である。

「樺山の旦那、ご足労いただき、まことにありがとうございます」

歳老いた町役人が進み出て、富士太郎をねぎらう。岐三郎といい、すでに古希を過ぎているが、矍鑠としており、眼光にも力強さがある。

「相対死と聞いて、放っておくわけにはいかないからね」

岐三郎にいった富士太郎は、間を空けることなく問うた。

「相対死というのは、まちがいないかい」

「まちがいございません」

岐三郎がかしこまって答えた。

「すでにお医者の検死も終わっております。検死医は備寛先生でございます」

備寛のことは、富士太郎はもちろん知っている。まだ若いが、腕は確かだ。

「備寛先生は、相対死だと断じたのかい」

「はい、はっきりとおっしゃいました。この一件の留書は、早めに出すともおっしゃっていました」

「うん、わかったよ」

「それから、これが相対死に使われた凶器でございます」

袂から袱紗を取り出し、岐三郎が開いてみせた。一本の剃刀が入っていた。

「相対死に剃刀を使ったのかい」

袱紗で剃刀を包み直し、富士太郎は懐(ふところ)にしまった。すぐさま岐三郎が説明を加えた。

「女は首を絞(し)められており、首の骨が折れているそうにございます。男は剃刀で自らの首を切っております」

「二人の顔を見せてくれるかい」

「もちろんでございます」

岐三郎が、そばに控えていた若い男にうなずいてみせる。若い男がかがみ込み、二つの筵をめくっていく。

あらわれたのは男女の死骸である。二人ともかなり若い。

男は二十代の半ば、女は二十歳そこそこではないか。

首に深い傷がある男は満足そうな笑みを浮かべているように見えたが、絞められた跡が首筋にくっきり残っている女のほうは、苦悶(くもん)の表情をしている風に感じられた。

これはいったいどうしたことかね、と富士太郎は思った。しゃがみ込み、合掌(がっしょう)してから二人の顔を見比べる。

――やはり男はうれしげだけど、女のほうは好きな男と一緒に死ねて幸せだ、というようには見えないね。

もしかすると、と富士太郎は思った。

――死ぬ気などなかった女を、男が無理矢理、道連れにしたのかもしれない……。

もしそうだとしたら、男は殺人を犯したことになる。もっとも、そうだとしても男も死んでいるから、罪に問うことなどできようはずがない。

おや、と思い、富士太郎は二つの顔を凝視した。男女ともに、見覚えがあるような気がしたのだ。誰だったかな、と考えたが、思い出せない。

顔を上げ、富士太郎は岐三郎に質（ただ）した。

「二人の身許（みもと）はわかっているのかい」

はい、と岐三郎が控えめに点頭（てんとう）した。

「男は、燕集屋（えんしゅうや）の跡取り貫太郎（かんたろう）さんでございます」

燕集屋といえば、先ほど富士太郎たちが通ってきた駒込片町にある油問屋の大店（おおだな）である。富士太郎は、貫太郎とは一度か二度、顔を合わせたことがある。

「女のほうは女房かい」

岐三郎を仰ぎ見て、富士太郎はきいた。はい、と岐三郎が首肯する。

「貫太郎さんの元女房のおるいさんでございます」

「いま元女房といったかい」

「さようでございます」

岐三郎がこうべを垂れる。

「二月ばかり前、二人は離縁しましたので」

「ああ、そうだったのかい」

四年ほど前、貫太郎はおるいを娶ったはずだ。しかし、別れたことまでは知らなかった。

「二人は不仲だったのかい」

うーん、とうめくようにいって岐三郎が首を傾げる。

「手前も詳しくは知らないのでございますが、別れたということは、そうだったのではないかと……」

「もしかして、別れたあとも貫太郎はおるいに未練があったんじゃないのかい」

富士太郎は、苦悶の表情を浮かべているおるいの顔を改めて見た。

「そのあたりがどうだったのか、それも手前にはわかりかねます」

まあそうだろうね、と富士太郎は思った。二人にそっと筵をかけ、立ち上がる。

——貫太郎は確か、なよっとした男だったよね。力はなさそうに見えたけど、女房を縊り殺すなんて、よくできたものだ……。

「家族には知らせてあるんだね」

富士太郎がきくと、岐三郎が、はい、と首を縦に振った。

「両方の家に使いを走らせました。おるいさんの家はやや遠いところにございますから、まだ家族が見えないのはわかりますが、燕集屋さんがまだ誰も来ていないのは、腑に落ちません」

駒込片町にある燕集屋からなら、富士太郎たちより早く、この場に着いていなければおかしい。

「なにかあったのかな」

顎に手を当て、富士太郎はつぶやいた。

「おそらくそういうことでございましょう。でなければ、今になっても見えないというのは解しかねます」

不意に、岐三郎が期待の籠もった眼差しを参道に向けた。ああ、と少しだけ弾んだ声を上げる。

「見えました。あれは、貫太郎さんのご家族でございましょう」

参道を駆けてくる四人の男女の姿が、富士太郎の目にも入った。

先頭に立っているのは燕集屋のあるじ基右衛門で、その横にいるのは女房のおけいである。後ろの二人は、たぶん番頭であろう。

「済みません、遅れてしまい……」

縄をくぐった基右衛門が富士太郎たちに息も絶え絶えに謝った。おけいや二人の番頭も同じ仕草をする。

「基右衛門さん、どうしてこんなに遅くなったんだい。なにかあったのかい」

岐三郎が不思議そうにきいた。決して咎めるような口調ではない。

「ああ、実はまちがえてしまったんですよ」

いかにも申し訳なさそうに基右衛門が身を縮めた。

「なにをまちがえたというんだい」

「行き先です。せがれが死んだと聞いて動転してしまい、白山権現の門前だと聞いていたにもかかわらず、どういうわけか湯島天神に行ってしまったんです」

「えっ、湯島天神に……」

「済みませんでした」

「いや、謝ることなんかないんだよ」

少し前に出て富士太郎は基右衛門に告げた。

「ああ、これは樺山の旦那。ありがとうございます」

基右衛門が富士太郎に向かって腰を折る。実際に昔、富士太郎にも同じようなことがあったのだ。十二年前、幼馴染み（おさななじ）が大八車（だいはちぐるま）にはねられて死んだときである。

不慮（ふりょ）の出来事で、悲しみが膨（ふく）れ上がった富士太郎はおのれの感情を整理することができなかった。

葬儀の当日、八丁堀（はっちょうぼり）の屋敷を家族と一緒に出たにもかかわらず、ふらふらと別の寺へ一人で行ってしまったのである。どういうわけか、幼馴染みの葬儀がその寺で行われると思い込んでいたのだ。

知らないうちに家族とはぐれ、人（ひと）けもなく閑散（かんさん）とした寺に一人でいることに気づいた富士太郎は、その場で呆然と立ち尽くすしかなかった。自分の身になにが起きたのか、ほとんど理解できなかった。

親しい人の死は、と富士太郎は改めて思った。さまざまな影響をもたらすものだ。基右衛門たちが息子の死骸のある場所を誤っても、なんら不思議はない。

あの、とすがるような顔で基右衛門が富士太郎にきいてきた。

「亡くなったのは、せがれでまちがいないのでございますか」

「まずは確かめてくれるかい」

承知いたしました、とかたい声音でいって基右衛門たちがひざまずき、筵をめくって死骸の顔をじっと見る。

ああ、と悲鳴のような声を上げておけいが泣き崩れ、死骸にすがりついた。

基右衛門がこわばった顔を上げ、富士太郎を見る。悔しげに唇を嚙んでいた。

「まちがいございません。せがれの貫太郎でございます」

基右衛門の声はかすれ、手がぶるぶる震えていた。筵を手にすると、辛そうに貫太郎とおるいの顔にかぶせた。

「女は、おるいなんだね」

基右衛門を見つめ、富士太郎は優しくたずねた。はい、と基右衛門がうなずき、腰を上げた。

「うちの元嫁でございます」

基右衛門が無念そうに認めた。女房のおけいはようやく泣き止んだが、面は伏せたままである。

よろよろと立ち上がったおけいを基右衛門が横から支え、大丈夫か、とささやきかけた。やつれた様子のおけいが、ええ、としゃがれた声で答えた。

やはり肉親を失うのは、と富士太郎は思った。どんな形であれ、かわいそうでならない。

そのとき、五人ばかりの男女が息せき切って参道をやってきた。

「あれは、おるいさんの家族でございます」

小声で岐三郎が富士太郎に伝えてきた。

「おるいさんの里方は牛込天神町（うしごめてんじんちょう）で菊岩屋（きくいわや）さんという仏具屋を営（いとな）んでいらっしゃいます」

牛込天神町からだと、白山門前町まで一里ほどはあろう。女連れでは、いくら必死に急いだとしても、ここまで来るのに一刻近くはかかったのではあるまいか。

遅くなるのも仕方ないね、と富士太郎は納得した。

「主人はなんというんだい」

「八九郎（はちくろう）さんといいます。おかみさんは、おげんさんでございます」

おるいの家族が縄をぐって富士太郎たちのそばに来た。老若男女が揃っており、八九郎とおげんだけでなく、おるいの兄弟姉妹も連れ立ってきたのが知れた。

「あ、あの、娘は、娘はどちらに」

挨拶もそこそこに、八九郎とおぼしき年長の男が岐三郎にたずねた。

「こちらです」

沈痛そうな顔で岐三郎が教えた。八九郎とおげんが疲れ果てたように、筵の前にぺたりと座り込んだ。目の前にある筵を、震える手でめくっていく。

「おるいっ」

叫びざま八九郎がおるいの骸を抱き締めた。

「なんでこんなことに……」

おるいの顔に頰を寄せて八九郎が号泣する。

「この馬鹿息子がっ」

いきなり罵りの声を発しておげんが、物いわぬ貫太郎の顔を思い切り張った。ばしん、と重い音がし、骸がわずかに揺れた。

「なにをするんだっ」

そばに立っていた基右衛門が怒号する。おげんが憎しみに満ちた目で基右衛門を見上げた。

「張ったくらいじゃ足りないよ。この馬鹿息子を生き返らせて、この手で縊り殺したいくらいだ」

おるいの死骸を横たえた八九郎が立ち上がり、顔を近づけて基右衛門をにらみつける。

「おまえのところの馬鹿息子が、別れたうちの娘に執着(しゅうちゃく)し、つきまとっていたのを、あんただって知っていただろっ」

「知ってはいたが……」

「馬鹿息子がこんな無法な行いに出るとは、思っていなかったのか」

八九郎が基右衛門の胸ぐらをつかもうとして、思いとどまった。

「この馬鹿息子は一緒に暮らしているときも、おるいをさんざん殴ったり蹴ったりしていた。あんたらはそれを決して認めなかったが、おるいが虐(しいた)げられていたのは明白だった。そしてようやっと離縁できて、おるいは平穏な暮らしを取り戻したというのに……」

しゃべっているうちに沸々(ふつふつ)と怒りがたぎってきたらしく、八九郎が拳を振り上げ、基右衛門を殴りつけた。がつっ、と鈍(にぶ)い音が立ち、基右衛門がよろける。旦那さま、といって二人の番頭が基右衛門を支えた。

「おまえたちの躾(しつけ)がなっていないから、こんなことになったんだ」

さらに八九郎が殴りかかろうとしたので、富士太郎はあいだに入って止めた。

「やめるんだ」

顔をじっと見て諭(さと)すようにいったが、八九郎が、どいてください、と顔を真っ赤にして前に出ようとする。

「それは無理だ」

八九郎を見つめて富士太郎はかぶりを振った。しばらく富士太郎の手を振りほどこうとがんばっていたが、やがて八九郎が、ふっと体から力を抜き、がくりとうなだれた。

その直後、勢いよく立ち上がったおげんが悲痛な声で、お役人、と呼びかけてきた。

「おるいは、この馬鹿息子に無理やり道連れにされたんですよ」

「な、なにをいっているんだ」

怒りの表情で基右衛門が、おげんをねめつける。構わずおげんが言葉を続ける。

「もう二度と顔も見たくない男と、うちの娘がなぜ一緒にあの世に行かなければならないのさっ。おるいはまちがいなく、この馬鹿息子に殺されたんですよ」

「そんなことがあるものか」

おげんにつかみかからんばかりに基右衛門がいった。

「あんたも知っているだろうが、貫太郎は優男で、ろくに力もない。そんな男が嫌がるおるいの首を絞めて殺せるものか。おるいが首を差し出してきたからこそ、絞め殺すことができたんじゃないか」

「馬鹿をいうな。おるいがそんな真似をするわけがない。おるいは心の底から、この馬鹿息子を嫌っていたんだ。馬鹿息子が体に似合わない馬鹿力を出したに決まっている。だからこそ、おるいはこんなに辛そうな顔をしているんだ」

その通りだろうけどね、と富士太郎は思ったが、貫太郎はすでにあの世の住人だ。八九郎やおげんの胸中はわかるが、どうすることもできない。

「だがおるいも、自分の足でここまで来ているじゃないか。貫太郎にかどわかされたわけじゃあるまい」

口をとがらせて基右衛門が反論する。

基右衛門をにらみつけて八九郎が断言する。

「おるいは、昨日の夜から姿が見えなくなっていたんだ。わしらは心配で捜し回っていた。おるいはこの馬鹿息子にかどわかされて、ここまで連れてこられたに決まっている。この馬鹿息子がおるいを殺したんだ」

「人のせがれを、何度も何度も馬鹿呼ばわりしおって、ただじゃ済まさないぞ」

「馬鹿を馬鹿と呼んで、なにが悪いんだっ」

「もうやめるんだ」

富士太郎はあいだに入り、八九郎と基右衛門の言い合いを制した。二人は不服そうに口をつぐんだ。

——仮においらが智ちゃんと離縁したとしても、心中しようなんて思わないね。別れたといっても、智ちゃんの幸せをひたすら願うよねえ……。

富士太郎は最愛の妻の智代を智ちゃん、智ちゃんといって大事にしている。

この一件は、相対死として淡々と処理するしかないようだ。事件性はないように富士太郎には感じられた。

——貫太郎がどうやっておるいを縊り殺したのか、それがちと引っかかるけどね。本当に馬鹿力が出たのかもしれないな……。

「あの、お役人」

おずおずという感じで、八九郎が声をかけてきた。

「おるいの骸は引き取れますか」

うーん、といって富士太郎は腕組みをした。

「それが決まりで、できないんだ。心中の際は、遺骸取り捨てとなって、引き取りも葬儀も許されないんだよ」

「そ、そんな……」

口を開け、八九郎とおげんが絶望の顔になった。

「娘は無理矢理殺されたというのに、お墓にも入れないのでございますか」

「決まりでは、そういうことになってしまうんだ」

だが、それではあまりに不憫だ。

「おまえさん、ちょっとこっちにおいで」

富士太郎は手招いて、八九郎を右手にある人けのない路地に連れていった。足を止めるや怖い顔をつくり、八九郎をじっと見る。息を詰めて八九郎が富士太郎を見返してくる。

「これからいうことは、他言(たごん)してもらっちゃ困るよ。承知かい」

「は、はい、わかりました」

八九郎が殊勝(しゅしょう)な顔を向けてくる。

「夜になれば見張りの者はいなくなる。そのときに、もし骸が一つ消えたとしても、誰も文句はいわないよ。骸を探そうとする者もいない。ただし、誰にも見つからないよう消えてもらわないといけない」

それを聞いて、八九郎が光明を見たような表情になった。目に涙を浮かべて富士太郎を見つめてくる。

「よくわかりました。ありがとうございます。これで、少しは娘も浮かばれましょう」

一礼して富士太郎から離れた八九郎がおげんに近づき、なにかささやいている。今の富士太郎の言葉を伝えているのだろう。

「では、これで失礼いたします」

深く頭を下げた八九郎たちが富士太郎に感謝の思いを顔に浮かべ、去っていく。それを、基右衛門やおけいが憎々しげな目で見ていた。

八九郎たちの姿が参道から見えなくなると、基右衛門が富士太郎に近づいてきた。足を止め、富士太郎にきいてくる。

「あの、せがれの遺骸を引き取りたいのですが、よろしゅうございますか」

富士太郎は、先ほど八九郎にいったのと同じ言葉を告げた。貫太郎がおるいを殺したのは明らかだが、だからといって、骸の始末について差別するわけにもいかない。

「よくわかりましてございます。ありがとうございました」

丁寧に一礼して基右衛門がおけいのもとに戻り、富士太郎の言葉を伝える。

「では、手前どもはこれで失礼いたします」

骸に向かって合掌してから、基右衛門たちもこの場を去っていった。

「よし、おいらたちも引き上げるとするか」

二つの死骸のことを岐三郎たちに頼み、富士太郎たちは参道を歩きはじめた。

「しかし、ひでえことをしやがる」

珠吉が吐き捨てるようにいったのが、前を行く富士太郎の耳に飛び込んできた。振り返って珠吉を見ると、顔が紅潮し、ひどく怒っているのが知れた。

「貫太郎のことかい」

すぐに前を向いて富士太郎は問うた。

「さようですよ」

忌々(いまいま)しげに珠吉がいった。

「いくら未練があるからって、なにも元女房を道連れにすることはないんですよ。死にたきゃ、一人で死ねばいいんだ」

その怒りように富士太郎は、昔なにかあったのかな、と訝(いぶか)しみ、そのことを口にした。

「ええ、実はあったんですよ」

強い口調でいって珠吉が語り出す。

「まだ旦那が小さかった頃のことですが、ある長屋で一人暮らしをしていた男が重い病にかかったんです。その男は世をはかなんで、好きだった飲み屋の女を縊り殺し、その後、自害したんです」

「えっ、そんなことがあったのかい」

ええ、と珠吉が顔を歪めてうなずいた。

「あのときも腹が立ってならなかったんですが、今回も似たようなものでしょう。若い女の前途を勝手に奪ってしまうなんて、あっしは、貫太郎という男が許せませんよ」

それを聞いて富士太郎は、なんとか心中をなくせないものかね、と思った。

――そうすれば、この世から嘆（なげ）き悲しむ人を減らせるものね。八九郎たちのように言い争う人たちを見るのも正直、御免だよ。

富士太郎は前を行く伊助の背中に目を当てながら、参道の出入口に立つ大鳥居へと進んでいった。

三

そこかしこから槌音（つちおと）が響いてくる。竹刀（しない）を構える湯瀬直之進（ゆせなおのしん）の耳に、それらが心地よく届く。

昨年末の田端村（たばたむら）から日暮里（にっぽり）一円を焼き尽くした大火で秀士館（しゅうしかん）も甚大な被害を被（こうむ）ったが、館長の佐賀大左衛門（さがだいざえもん）の尽力もあって確実に再建が進んでいる。

あれから半年が過ぎ、直之進が師範代（しはんだい）を務める剣術道場も、ほぼでき上がりつつあった。

すでに稽古（けいこ）もできるまでになっている。かぐわしい木材のにおいが満ちる中で汗を流すのは、ことのほか気持ちがよいものだ。

直之進と同じ剣術師範代の倉田佐之助や、薙刀師範代の荒俣菫子もうれしそうで、それぞれ門人を相手に、生き生きと得物を振るっている。

直之進も、若い門人の稽古相手を務めていた。目の前に立っているのは源六といって、期待の有望株である。

「さあ、来い」

防具に身を固めた源六に、直之進は気合をかけるように声を投げた。

「竹刀を構えているだけでは、相手を倒せぬぞ」

源六の正眼に構えた竹刀が、わずかに上下した。それを合図にしたかのように、えいっ、と鋭い声を発して、すり足で進んできた。直之進を間合に入れるや、面を打とうとする。

防具は着けていないが、直之進に恐怖心などまったくない。源六の竹刀を素直に弾き返そうとした。だが源六は竹刀を変化させ、直之進の胴を狙ってきた。

——小癪な真似を。

源六の竹刀の動きは、はっきり見えている。直之進は源六の竹刀をあっさり受け止めると、素早く源六の逆胴を抜こうとした。

それを察した源六が竹刀を下げ、逆胴を守る姿勢を取った。直之進の竹刀が源六の竹刀をへし折るような勢いで打った。源六は必死に耐え、体勢を崩すこともなかった。

――やるな。

源六はこういうところの勘がよく、竹刀の動きもすこぶる速い。むろん直之進は手加減しているが、他の門人では逆胴を狙ってくる竹刀を受け止められない。直之進の竹刀の速さに対応できず、たいていの者は逆胴を打たれてしまう。源六はまだ十六という若さだが、五年後にはすごい剣士に成長しているのではないか。源六に対し、直之進はそんな期待を抱いている。

源六がいったん直之進との間合を取り、竹刀を構え直した。直之進の逆胴をまともに受け止めたことで、手がしびれたようだ。

「もう終わりか」

直之進はやんわりと問うた。

「まだまだ」

怒ったようにいって、源六が音もなく突っ込んできた。直之進に先ほどのお返しをしようというのか、今度は逆胴を狙ってきた。

別に力を入れているようには見えず、柳の如き柔らかさがありながら、竹刀の振りは素晴らしく速い。このあたりも、他の門人とは一線を画しているところだ。

感心しつつ直之進は、源六の竹刀をあっさりと弾き返した。ばしっ、と音が立ち、その衝撃で源六がよろけそうになる。

このあたりは、まだ体ができていないから致し方ない。だがそれも成長して骨格がしっかりしてくれれば、解決できることである。

深く踏み込み、直之進は源六の面を打ち据えようとした。源六は体勢を立て直し、直之進の竹刀をがっちりと受け止めた。

まだ体ができていないといっても、このあたりの源六の俊敏さは瞠目すべきものだ。

その後、直之進は源六と激しく打ち合った。四半刻近くも、それを続けた。

さすがに疲労を覚えてきたようで、源六の息は上がり、動きも鈍くなってきた。

ふむ、と直之進は竹刀を振るいながら源六の様子を見た。

——だいぶ息も保つようになってきたな。

以前は直之進と三十回ほど竹刀を打ち合っただけでひどくあえぎ、体を動かすこともろくにできなくなっていたのだ。

今は、直之進とここまでやり合えるようになった。体力がかなりついてきた証であろう。

直之進は竹刀で面を狙った。それも源六が受けた。

すぐさま竹刀を立てて、直之進は体ごと源六を押しにかかった。源六も負けじと押し返してくる。

鍔迫り合いは、突き放されたほうが負けるものだ。直之進は容赦なく、ぐいぐいと源六を押していった。

源六はずるずると下がってはいくものの、鍔迫り合いから逃れようとはしない。力や技で劣りながらも押し返し続けるのは苦しくてならないだろう。だが、こうして最後まであきらめないのは、やはり見上げたものだ。

しかもしっかりと腹に力を入れ、腕だけでなく全身を使って直之進を押し返そうとしている。これは直之進の教えを忠実に守っているのだ。

若いのに大したものだ。そう思った直後、直之進はさっと後ろに跳び下がった。すかさず源六が竹刀を振り、面を打ってくる。

竹刀の動きはよく見えており、かわすのはたやすかったが、直之進はあえて打たれた。ばしん、と大きな音が立った。

あっ、と源六が驚きの声を上げた。

「だ、大丈夫でございますか」

額を打たれたが、大した痛みではない。直之進は平然として笑みを浮かべた。

「見事な一本だ」

「当然のことながら、湯瀬師範代がよけられるものと思っておりましたので……」

「なに、今のは見事だった。おぬしのがんばりが生んだ一撃だ」

「あの、わざと打たれたのではありませんか」

ふふ、と直之進は笑いを漏らした。

「まあ、正直にいえば、わざとだ」

「ああ、やはり」

「だが、それも鍔迫り合いの苦しみに耐え抜いた褒美のようなものだ」

「ああ、そういうことでございますか……」

「褒美ゆえ、喜んで受け取ってもらってけっこうだ」

「わかりました。ありがたく頂戴いたします」

うむ、と直之進は笑顔でうなずいた。

「しかし湯瀬師範代、まことに大丈夫なのでございますか」

心配そうな顔で源六がきく。

「大丈夫だ。少しは痛いが、さほどのものではない」

その言葉に源六が少し残念そうな顔をした。

「どうかしたか」

「いえ、手前の竹刀はあまり威力がないものだな、と思いまして……」

「そんなことはない」

直之進は言下に否定した。

「他の者なら、あっさり倒れている。衝撃や痛みをうまく逃がす術を知っている俺だからこそ、こうして立っていられる」

「衝撃をうまく逃がす術でございますか」

「体の弾力を利用するのだ」

「ああ、やはり……」

「足腰に相当の力を蓄えておかぬと、なかなかうまくいかぬ」

「足腰をまず鍛えることからはじめれば、よろしいのでございますか」

「そういうことだが、うまく体得するこつはそのうち教えよう」

「今日ではないのでございますか」

そうだ、と直之進はうなずいた。

「すまぬが、ほかにも稽古をつけねばならぬ者が大勢おるのでな」

「ああ、さようでございますね」

それに、と直之進は付け加えた。

「打たれた衝撃をうまく逃がす術など、あわてて覚えることはない。今は、剣術の基(もとい)を自分のものにするほうが先だ」

「はい、よくわかりました」

一歩下がり、源六が丁寧に頭を下げた。

「湯瀬師範代、稽古をつけてくださり、まことにありがとうございました」

「いや、なんの。源六、帰るのか」

はい、と源六が少し残念そうに答えた。

「まだ九つまでは間があるはずなので、稽古を続けたいのでございますが、今日はこれから店に戻らないといけません。大量の荷が入ってくるらしいので、その手伝いをしなければならないのです」

「そうか。商売も大事だからな。大変だろうが、がんばってくれ」

「はい、ありがとうございます」

道場の隅に進み、源六が床に座した。面を取り、素顔をさらす。女に騒がれそうな顔貌をしている。

——相変わらずいい男だな。

別の門人の相手をはじめた直之進は、ちらりと源六に目を向けた。役者にしてもいいくらいの美丈夫である。

源六は奈志田屋という味噌醤油問屋の三男坊だ。午前のあいだは秀士館に来て剣の稽古をし、正午には稽古を終えて帰っていく。

奈志田屋は駒込上富士前町にあり、武家や寺院などを主な得意先にしており、かなり繁盛していると聞く。

忙しい店だけに、三男坊も必要とされることが少ないのだろう。

——源六は将来どうするつもりなのか。剣の道に進みたいと思っているのだろうか。

とにかく、剣術が好きでたまらないのは、普段の稽古の様子からして疑いようがない。

えるように見
納戸に入った源六が着替えを済ませ、出てきた。帰るのかと思ったが、また道場の隅に座した。下を向き、目を閉じている。なにか考え事をしているように見える。

——あの若さゆえ、いろいろと悩みがあるのかもしれぬ。

恋か、と激しく竹刀を振ってくる門人の忠一を軽くいなしつつ、直之進はそんなことを考えた。

十六だというのに、源六にはすでに許嫁がいるという話なのだ。

——まさか、その許嫁とうまくいっていないのではあるまいな。

許嫁は源六と同い年ということだ。ときおり秀士館にやってきては源六の稽古を真剣に眺めている。気立てのよさそうな美人で、源六とは似合いだ。

——好き合っている、あの娘との仲が壊れるようなことはないと思うが……。

やがて昼の九つの鐘が鳴った。午前の稽古はこれで終わりである。

「よし、よくがんばったな」

疲れ果て、立っているのも辛そうな忠一を、直之進はねぎらった。

「はい、ありがとうございます」

息も絶え絶えに忠一が礼を述べる。

「忠一、一ついっておくが、そんなに力を入れて竹刀を振ることはない。軽くふわりと浮かすような感じで振るのがよい」

「ああ、手前はまだ力んでおりましたか」

残念そうに忠一が下を向く。

「前にも湯瀬師範代から同じことをいわれましたが、竹刀を握ると、どうしても力が入ってしまいます」

「力を抜くよう常に心がけることだ。力んで振るよりも、ずっと竹刀は速くなるからな」

「わかりました。ありがとうございます」

背筋を伸ばした忠一が、しゃんとした。若いだけのことはあって、もう息は切れていないようだ。

「よし、みんな、早く着替えを済ませろ。昼飯にするぞ」

直之進から少し離れたところに立っている佐之助が大声を上げた。大火で燃え落ちてしまった食堂も再建され、今は前よりも広くなって、食事がしやすくなっている。

納戸で着替えを終え、ぞろぞろと道場を出ていく者たちを見送って直之進は、道場に居残っている源六に声をかけた。

「源六、どうかしたのか」

声をかけられて、源六が驚いたように顔を上げた。

「ああ、湯瀬師範代」

「店へ帰らずともよいのか」

「あの、実は湯瀬師範代に相談したき儀がございまして」

「ほう、どんなことだ」

やはり許嫁のことだろうか、と直之進は思った。

「手前には、いま悩みがございまして……」

「それを俺に打ち明けてもよいのか」

「もちろんでございます。手前は湯瀬師範代のことを、心から信じておりますので」

「そうか。ならば、きこう。どんな悩みかな」

隣に座した直之進は、真剣な眼差しを源六に注いだ。

「あの、それが……」

まだためらいがあるようだったが、思い切ったように源六が口にした。

「手前はこのところ、妙な男につきまとわれているのでございます」

ほう、と直之進は嘆声を漏らした。

「いったいどんな男だ」

「どこぞの隠居という風情でございます。歳はもう七十を超えているのではないかと……」

「かなりの老人だな。知らぬ男か」

「面識はございません」

「ならば、名すら知らぬということだな」

「はい、存じません」

「その老人は、なにゆえ源六につきまとっているのだ」

肝心要の問いを直之進は源六にぶつけた。困ったように源六が目を伏せた。

「それが、手前に男妾になってほしいと懇願してきたのでございます」

「なんと」

さすがに直之進は驚き、腰を浮かしそうになった。源六は確かにいい男ではあるが、まさか老人から、そんな頼み事をされているとは思わなかった。

――誰もが羨むような役者の如き男に生まれついても、苦労はあるものだな。

もっとも、直之進も人のことはあまりいえない。以前、定町廻り同心の樺山富士太郎に、長いあいだ、本気で懸想されていたことがあるのだ。

富士太郎の気持ちに応えることなどもちろんできず、あの頃は本当にまいったが、それだけに、今の源六の苦悩も理解できる。

今は富士太郎も智代という内儀を迎え、子もできた。あの頃の直之進への思いを、今でもときおり気配に出すこともあるが、それはもう本気ではない。ただの冗談に過ぎず、戯れみたいなものになっている。

「源六は断っているのだな」

源六に眼差しを当てて直之進は確かめた。

「もちろんでございます」

力んだ口調で源六がいった。

「冗談じゃない、手前は男妾など真っ平ごめん、といい続けているのでございますが、懲りずに顔を見せるのでございます」

「そうか、その男はおぬしのことをあきらめてくれぬのだな」

「手前を我が物にするまで、あきらめないという執念を感じます」

「なかなか厄介そうな男だな」

直之進は眉根を寄せていった。

「まったくでございます」

目を怒らせ、源六が憤然とする。そんな様子も恰好よく見えた。

「それで源六は、俺になにをしてほしいのだ」

「厚かましいお願いなのですが、今度またあの男があらわれたら、話をつけていただきたいのでございます」

「お安い御用だ」

強い口調で直之進は請け合った。

「俺に任せておけ」

「まことでございますか」

源六が愁眉を開く。そうすると、端整な顔がさらに美しく見えた。

――俺でも眩しいくらいだ。男が好きな男にとっては、たまらぬものがあろう。

「当たり前だ。おぬしは大切な門人だ。悩み事を打ち明けられて捨て置くことなど、できるものか。俺がその老人ときっちり話をつけてやる」

「ありがとうございます。助かります」

安堵したらしく源六が大きく息をついた。

「とことんまいっておりました。手前は何度もあの男をぶん殴ってやろうと思いましたが、下手な真似をして店に迷惑をかけてはならぬと、我慢していたのでございます」

「それは賢明な判断だ」

直之進は源六を褒め称えた。

「源六、もしまたその男があらわれたら、すぐに俺を呼べ。きっちり話をつけてやるゆえ」

「ありがとうございます。よろしくお願いいたします」

両手をつき、源六が深々と頭を下げた。

四

珠吉たちは、白山権現の参道を足早に下った。大勢の参詣人が白山権現に詰めかけつつあり、参道はかなりの混みようだ。

両側にある店を冷やかしていく者も多く、参道はかなり通りにくくなっていた。だが黒羽織を着込んだ富士太郎を見ると、誰もが畏れ入ったように道を開けていく。

そのことがうれしいのか、富士太郎は少し得意げだ。富士太郎のこういうところが、珠吉はかわいくてならない。

――俺にとっちゃあ、旦那は実のせがれ同然だからな。

珠吉は、六年前に息子の順吉を病で失った。風邪をこじらせ、あっという間に逝ってしまったのである。

順吉が死んで、珠吉はしばらく仕事が手につかなかった。仕事を休むことはなかったが、富士太郎と一緒に働いているあいだ、頭に浮かぶのは順吉のことばかりだった。

順吉と富士太郎は同い年で、一緒に遊んで育ったようなところもあり、仲がよかった。いずれ順吉は珠吉の跡を継いで、富士太郎の中間になるはずだったのだ。

そのときが来るのを珠吉は夢想していた。しかし、その夢は叶わなかった。

もし順吉が今も生きていれば、珠吉はとうに隠居していたはずだ。順吉が富士太郎とともに事件の探索に勤しんでいただろう。

富士太郎は智代という女性を妻に迎え、完太郎という子もなした。順吉もいずれは好きな女と一緒になり、珠吉の孫となる子ができたはずなのだ。

順吉の死からおよそ一年たった頃、珠吉はようやく立ち直ってきた。

——順吉は死にたくなかっただろうに……。

健やかでありながら、この世には自分で死を選ぶ者がいる。

——そんなことをするなんて、俺にはまったく信じられねえ。

死んでしまったら家族がどれだけ嘆き悲しむか、そのことに考えが至らないのだろうか。

病気や怪我のひどい痛みに耐えられず、自ら死ぬ者もいるだろう。だが、心中する者はたいてい健やかな者が多いような気がする。

——この世には、まだまだ生きたくても死んでしまう者がたくさんいるというのに……。なんで命を粗末にするのだろう。

「珠吉、どうかしたかい」

えっ、と珠吉は顔を上げた。前を行く富士太郎がこちらを向き、珠吉を心配そうに見ている。

「いえ、なんでもありません……」

「でも、なんか、ぶつぶついっているようだったからね」

富士太郎に指摘されて珠吉は、ええっ、と大きな声を発した。

「今あっしは口に出していましたかい」

「ああ、なんといっているかまでは聞き取れなかったけど、なにかいっていたのはわかったよ」

「さ、さようですかい……」

心の中の声を口にしちまうなんて、と珠吉は思った。耄碌してきたのかもしれない。

——これは、心しなきゃいけねえぞ。耄碌なんて、とんでもねえ。女房に迷惑をかけることになっちまうじゃねえか。

古女房のおつなの優しげな顔が目に浮かんだ。

足を止めて、富士太郎が珠吉をじっと見ている。心配そうな顔は変わらない。

「あの、今もまたあっしはなにかいってましたかい」

ううん、と富士太郎が首を横に振った。

「なにもいってなかったよ」

「ああ、それはよかった。一安心だ」

珠吉、と富士太郎が優しく呼んできた。

「もしなにか悩み事があるんだったら、おいらに必ず相談しておくれよ」

「わかりました。もし悩み事ができたら、必ず旦那にお話しするようにします」

「そうしておくれ。おいらは若輩だけど、きっと珠吉のためになる言葉をいってあげられると思うんだよ」

「ええ、ええ、旦那なら、きっとその通りでしょう。頼りにしていますよ」

珠吉たちは足を進め、白山権現の大鳥居を抜けようとした。そのとき珠吉はぎくりとし、立ち止まりそうになった。

多くの者が行きかう中、大鳥居の脇に天蓋を被った虚無僧が立っていたのだが、なにやら不吉な気を発しているように感じられたのである。

——何者だい、こいつは。

夏だというのに、珠吉は氷でも当てられたかのように背筋が冷えるのをはっきりと覚えた。

——修行僧なのに、なんていやな気を発しているんだ。

横目で見つつ、珠吉は虚無僧のそばを通り過ぎた。妖気というのは、と思った。こういうのをいうのだろうか。

「珠吉、どうかしたのかい」

振り返って富士太郎がたずねてきた。

「あっしは、また口に出していましたかい」

「いや、なにもいってないよ。ただ、なんとなく珠吉のことが気になったんで、きいてみたんだ」

「さようでしたか。いや、今そこにちょっと妙な男がいたんで……」

富士太郎にささやきかけてから、珠吉は振り返った。あれ、といって首をひねる。今までそこにいた虚無僧が、風にさらわれたかのように消えていたのだ。

「おかしいな……」

「珠吉、妙な男というのは、どいつのことだい」

足を止めて富士太郎が問うてきた。

「旦那は気がつきませんでしたかい。鳥居の脇に虚無僧が立っていたんですが……」

「えっ、虚無僧かい。ここには今も大勢の人がいるものね。おいらはまったく気づかなかったよ。それで、その虚無僧のどこが妙だったんだい」

珠吉は、自分が感じたことを富士太郎に伝えた。

「へえ、妖気を発していたのかい」

「ええ、そうなんで」

「なにか悪さをしそうだったのかい」

「いえ、そういう風には見えなかったんですが、死神というのがこの世に本当にいるのなら、ああいう者なのではないかと感じたんですよ」

「死神かい……」

眉間(みけん)にしわを盛り上がらせて、富士太郎が白山権現のほうを見やった。

「もしかしたら、亡くなった二人の魂を引き取りに来たのかもしれないね」

その言葉を聞いて珠吉は、ぶるりと身を震わせた。

「十分にあり得ますね」

えっ、と富士太郎が意外そうにいう。

「珠吉は本気でいっているのかい」

「ええ、あっしは本気ですよ」

「でも珠吉、死神ってのは『心中刃(しんじゅうやいば)は氷(こおり)の朔日(ついたち)』という浄瑠璃(じょうるり)の中で、使われ出した言葉だと聞いたことがあるよ」

「昔からある言葉じゃないんですかい」

「浄瑠璃の作者がひねり出した言葉ということになるんだろうね」

「だったら、死神なんてこの世にいるわけがないですねえ」

「わからないけどね。浄瑠璃が舞台で演じられることで、今まで存在しなかったものに魂が入って、この世にあらわれ出るなんてことは、いかにもありそうなことじゃないか」

「いわれてみれば……」

「あっ、ほら、今も珠吉の後ろに死神が立っているよ」

いきなり富士太郎に指をさされ、珠吉はぎょっとして跳び上がった。素早く後ろを見やったが、誰もいない。

珠吉は胸をなでおろしたが、すぐに富士太郎に文句をいった。

「旦那、驚かすようなこと、いわねえでくださいよ。あっしが気が小さいこと、よく知っているでしょう。それに、あっしはもう歳ですからね。死神に取り憑かれていたって、おかしかねえですよ」

珠吉は一気にまくし立てた。

「ごめんよ、珠吉。そんなに怒らないでおくれよ」

富士太郎が平謝りに謝る。

「いや、別に怒ってはいませんがね……」

二人のやり取りを、伊助が楽しそうに見ている。珠吉はそのさまを見て苦笑した。

「伊助、こんな旦那だが、一所懸命に仕(つか)えてくれよ」

「はい、よくわかっています」

まじめな顔をつくって伊助が答えた。

その後、珠吉は伊助とともに富士太郎に従って、縄張内の見廻りに精を出した。

昼飯を本郷元町(ほんごうもとまち)の一膳飯屋(いちぜんめしや)でとって通りに出たとき、近くで人の叫び声が聞こえた。

なんだ、と思って珠吉が見ると、往来(おうらい)の真ん中で刀を抜いて振り回している侍がいた。どうやら酔っ払っているようだが、身なりは立派だ。おそらく、れっきとした大名家か旗本家の家臣であろう。

侍は怒声を放ってふらりと動いては、あたりを行きかう町人に斬りかかろうとしていた。幸(さいわ)いにも振りは鈍(にぶ)く、斬られた者はいないようだが、早く取り押さえないと、いずれ誰かが大怪我を負ってしまう。

「旦那っ」

珠吉が呼ぶと、真剣な顔で富士太郎がうなずいた。

「よし、行こう」

伊助、と珠吉は声をかけた。

「おめえは、まだこの手のことには慣れていねえ。手を出すなよ。町人たちを守ることに専心(せんしん)するんだ」

唾(つば)でも飲み込んだか、伊助が喉仏を上下させた。

「わかりました」

珠吉は富士太郎とともに、酔っ払っている侍に近づいていった。

「旦那、あっしがあの侍の注意を引きつけますんで、その隙に後ろから取り押さえてもらえますかい」

「いい手だね。前にも同じことをしたことがあったね」

「ありましたね。あのときと同様、うまくいくといいんですが」

「珠吉、刀の正面に立つことになるんだ。十分に注意するんだよ。斬られないようにね」

「あっしは慣れていますから、大丈夫ですよ。それより、後ろから飛びつく旦那のほうが危ないですから、気をつけてくださいね」

「うん、よくわかっているよ」

「旦那、代わってもいいですよ」

珠吉は控えめに申し出た。

「いや、代わらなくていいよ」

わかりました、と答え、珠吉は侍の前に進んでいった。

「なんだ、きさまは」

珠吉に目を留め、刀を掲(かか)げながら侍が近づいてきた。刀身(とうしん)が陽射(ひざ)しを弾き、きらきらと輝いている。それが珠吉には少し眩しかった。

やはり真剣というのは怖い。身がすくむのを珠吉は感じた。

「きさまは、わしを殺しに来たか」

「とんでもない」

両手を上げ、珠吉は侍を制するような仕草をした。

「ずいぶん酔っておられるな、と思いまして、お侍を介抱(かいほう)しにまいりました」

「介抱などいらぬわ」

今までふらついていたのに、侍がまっすぐ珠吉に迫ってきた。ぶん、と音をさせて刀を振ってきた。

まずい、と珠吉はさっと後ろに下がった。斬撃が空（くう）を切ったのを知った侍が激怒した。

「きさま、成敗（せいばい）してやる。そこへ直れ」

ふう、と珠吉は息を深く吸い込んだ。

——旦那、頼みますよ。

刀を正眼に構えた侍がじりじりと近づいてくる。珠吉はかたまったように動かずにいた。周りを取り囲む野次馬たちが静かになり、固唾（かたず）をのんでいるのが知れた。

「死ねっ」

上段にかざした刀を侍が振り下ろそうとする。次の瞬間、がくん、と腰砕けになり、地面に倒れ込んだ。背後から富士太郎が体当たりを食らわせたのだ。刀を放した侍が、ぐわっ、と声を上げ、もがいた。立ち上がろうとするところを、富士太郎が侍の首筋に手刀（てがたな）を入れた。侍が、うげえ、と妙な声を出して気絶した。

「旦那、やりましたね」

「済まないね、珠吉。少し飛び込むのが遅れちまった。怖い思いをしたんじゃないかい」

「少しだけですが……」

「真剣は本当に怖いものね。でも珠吉になにもなくてよかった」

「旦那も無事でよかったですよ」

「伊助、この侍を縛っておくれ」

わかりました、といって伊助が進み出て、捕縄で縛めた。

「どうしますか、番所に連れていきますか」

「そこまでやることはないよ」

立ち上がった富士太郎が周りを見た。

「本郷元町の町役人は来ていないかい」

「ここにおります」

四十すぎの男が前に出て、辞儀する。

「ああ、君助かい」

「樺山さま、ご苦労さまでございました」

「この侍を自身番に連れていってくれないか」

「お安い御用でございます」

この侍は、と富士太郎がいった。

「ただ酒に飲まれてしまっただけだ。酔いが醒めたら、なにをしたかよくよく言い聞かせてやって、二度としないよう釘を刺しておくんだ。その上で解き放ってやればいいよ」

「あっ、はい、わかりましてございます」

「頼んだよ」

「承知いたしました」

何事もなかったように珠吉たちは見廻りに戻り、その日の仕事を終えた。

五

六日前の夕刻に鉄三は江戸へ出てきた。

そして、最初に目についた旅籠に入った。

「街道に面した二階の部屋は空いているか」

鉄三は、寄ってきた奉公人にきいたが、すでにその宿の街道沿いの部屋は一杯だった。相部屋ならなんとかなるといわれたが、他の客と一緒など、ごめんだった。

すぐにその旅籠を出ようとしたが、宿の奉公人に呼び止められた。

「お客さまは、なぜ街道に面したお部屋をお望みなのでございますか」

辞儀して奉公人がきいてきた。おそらくこの宿の番頭であろう。

それかい、と鉄三はいった。

「別に、宿代を踏み倒して窓から逃げ出すためじゃねえぜ」

冗談をいったつもりだったが、奉公人は笑わなかった。こほん、と鉄三は咳払(せきばら)いをした。それだけで肺臓(はいぞう)のあたりがわずかにうずいた。

「俺は久しぶりに江戸に戻ってきたんだ。二階の窓際に座って江戸の町をとっくりと眺めていたくてな。それに、行きかう人たちを見下ろしているだけで、なぜか胸が躍(おど)る」

「ああ、さようでございましたか」

奉公人が真剣な顔を向けてきた。

「あの、お客さまはすぐに江戸を発(た)たれるのでございますか」

いや、と鉄三はかぶりを振った。

「少なくとも数日は逗留(とうりゅう)しようと思っている」

でしたら、といって奉公人が揉み手をした。

「本日は無理なのでございますが、明日には街道に面した二階の部屋が空きます。今夜は別の部屋にお泊まりいただき、明日からそちらの部屋に移ることができますが、いかがでございましょう」

「まちがいなく明日は、街道に面した部屋に泊まれるんだな」

「はい、泊まれます」

「相部屋ということはないな」

「ございません」

「今日もか」

「はい、今夜もお一人でお泊まりいただけます」

しっかりとした声音で奉公人が明言した。たまにうまいことをいって客を騙す宿もあるが、目の前の奉公人は嘘をつくような男には見えなかった。

——これまで散々騙されてきたが、信じてやろう。

「ならば、世話になることにしよう」

「ありがとうございます」

さっそく鉄三は投宿の手続きをした。宿帳には『越後国村上在　鐘三』と記した。

鐘三というのはむろん偽名である。先ほど七つの鐘を耳にしたばかりだ。それで思いついた名である。

江戸ではなにがあるか、わからない。用心に越したことはないのだ。

鉄三は、とりあえず五日分の宿代を前払いした。二階の奥のほうにある部屋に振り分け荷物とともにおさまった。この旅のあいだ、ずっと腰に差していた長どすを畳の上に置く。

新しい宿ではないが、掃除がよく行き届いており、なかなか気持ちのよい部屋だ。

宿の者に聞いて、夕餉前に近くの湯屋に行った。混んでいるせいか、湯船の湯は汚れていたが、鉄三は、それも含めてこれが江戸だ、としか思わなかった。旅の汗を流し、垢を落とせれば十分だった。

湯船にゆったりと浸かることで、江戸を久しぶりに味わったような気がして、鉄三は満足した。

宿に帰ってきたとき今宵の旅籠が臼島屋という名であるのを、屋根に掲げられた扁額を見て初めて知った。

明くる朝、目が覚めると、旅の疲れはすっかり取れていた。朝餉のあと、しばらくして若い奉公人があらわれ、鉄三は二階の部屋に案内された。さっそく部屋の窓を開け、眼下を見下ろす。大勢の人がせわしなく行きかっていた。

——ああ、俺は江戸に戻ってきた。

そのことを鉄三は実感した。

近所の一膳飯屋で昼餉(ひるげ)をとってから、江戸の町へ繰り出した。最初の標的である津之助がどこで暮らしているか、まずは調べなければならない。とにかく、ときはあまりない。

どうせ昔の縄張からさほど外れていないところに住んでいるのだろうと目星(めぼし)をつけて駒込あたりを捜したら、案の定(あんじょう)というべきか、その日のうちに津之助は見つかった。駒込肴町(さかなまち)にある一軒家で暮らしていた。

住処(すみか)は大きな通り沿いにある、立派な家だった。長年にわたって庶民から巻き上げてきた金で買ったのだろう。

住処を見つけ出してからは、津之助がどんな暮らしをしているのか、何日かかけて鉄三は徹底して探ってみた。

津之助は若い妾と一緒に暮らしていた。朝は必ず一人で白山権現に参詣に行くのが知れた。日に三度の食事は妾がつくっているのか、外でとることはほとんどなかった。

夜だけは、行きつけらしい煮売り酒屋にときおり足を運び、馴染客に酒をおごってやったりしていた。なかなか味のある笑顔で、他の客たちと楽しそうに談笑しているのが信じられなかった。別人なのではないかと疑ったくらいだ。

津之助がなにを話しているのか知りたかったが、鉄三には煮売り酒屋に入り、津之助に顔をさらす度胸はなかった。津之助は、まちがいなく鉄三のことを覚えているはずだからだ。

夏の夜に人けのない路地に置かれた用水桶の陰に立ち、煮売り酒屋をひたすら見張るのは骨が折れたが、津之助の息の根を止めるまでの辛抱だ、と自らに言い聞かせた。

六十を過ぎた老人だというのに津之助が就寝するのは早くはなく、家の灯りが落ちるのはいつも四つ前後だった。

そういうことならば、と鉄三は思った。深夜の九つ頃には熟睡しているだろう。

臼島屋に戻った鉄三はどうすべきか考えた。

——津之助のことは、もう十分に調べ上げた。今夜やるべきか。

やるべきだ、と結論づけた。

——俺にはときが残されていねえんだ。ぐずぐずせず、今夜、殺(や)っちまえばいい。

津之助をあの世に送ることを考えただけで胸が高鳴り、両手が震えた。

——殺ってやるぞ。

決意したものの気持ちが落ち着かず、食欲もあまりなかったが、旅籠で夕餉をしっかりとった。あまり味はわからなかったが、食べておかないと体が保(も)たない。

膳を下げてもらったあと、鉄三は布団に横たわり、一眠りした。

二刻ほど眠って起き出し、まず厠(かわや)に行った。眠気はまったくない。身も心もすっきりしているのを感じた。

今は何刻だろうか。夜の四つになったくらいではないか。

——頃おいだ。

鉄三は判断し、畳の上の長どすを手にした。振り分け荷物を開け、中から草鞋(わらじ)

と平鏨を取り出した。草鞋は部屋の中で履いた。

静かに窓を開けて、眼下を見た。街道は昼間とは一変し、ほとんど人けはなく、暗さが横たわっていた。

それでも、酔客らしい者たちががなり声を上げてうろついたり、夜鳴き蕎麦の屋台が通り過ぎたりした。

人けがまったく絶えたときを見計らい、鉄三は二階から飛び下りた。こんなのは慣れたもので、足は痛くない。

臼島屋をひそかに抜け出した鉄三は提灯を灯し、駒込肴町を目指した。旅籠から二里近くはあり、鉄三は一刻余りかかって到着した。

津之助の家の前に着くやいなや、懐に忍ばせていた平鏨を使って、ためらいなく戸を外した。耳を澄ませてみたが、津之助が気づいた気配は伝わってこなかった。

ついに復讐のときが来たのだ。やってやるぞ、と高ぶりそうになる気持ちを無理に抑え込んで、鉄三は家に忍び入った。

津之助は妾とともに二階で寝ているものと思ったが、一階の奥のほうで明かりが灯っていることに気づいた。

足音を殺してそちらに行ってみると、津之助が肘枕をして横になり、そばに徳利が転がっていた。どうやら酩酊しており、鉄三が密かに様子をうかがっていることに、まったく気づいていない。

妾は津之助のそばにいなかった。おそらく二階で眠っているのだろう。

絶好の機会だ、と鉄三の胸は躍った。こんなにうまくいってよいものなのか。本当は津之助は感づいており、ただ素知らぬ振りをしているだけではあるまいか。そんな疑いが頭をよぎっていった。

そんなことがあるはずがない。やつも老いたのだ。どこからどう見ても、ただの酔っ払いの老人に過ぎない。

鉄三は津之助にそろそろと近づき、腰に帯びた長どすをそろりと引き抜いた。あと少しで津之助を殺せる。念願が叶うときが来たぞ、と心が高ぶり、手が震えはじめた。これが武者震いというやつか、と思い、さらに闘志をかき立てられた。

やってやるぞ、と決意をかため、鉄三は津之助の体に右手を置いた。津之助は気づかず、眠りこけている。

津之助の体を仰向けにし、鉄三はそっと馬乗りになった。それでも泥酔している津之助に気づいた様子はなかった。

——殺れる。

ついにこのときが来たのだ。覚悟しろ、と心で宣して鉄三は、一切のためらいなく津之助の胸に長どすを突き刺した。

そこで初めて津之助は、我が身になにかが起きたことに気づいたらしい。かっ、と目を見開き、鉄三をじろりと見た。往年の津之助を思い出させる瞳だった。

きさまは、と顔を歪めていいかけたが、言葉にならなかった。それでも、津之助は鉄三をにらみつけつつ体を起こそうとした。

また昔のようにやられるのではないかという恐怖が頭をもたげ、鉄三は何度も繰り返し、長どすを津之助に突き刺した。

我に返ると、おびただしい血を流しながら津之助は息絶えていた。鉄三自身、返り血をたっぷりと浴びていた。

津之助の血は、ひどくくさかった。こんなに生ぐさい血は初めて嗅いだ。津之助はなにかの病に冒されていたのではないか。だから、こんなにひどいにおいが血から立ち上ってくるのではないだろうか。

鉄三は吐き気を催してきた。だが、ここで吐くわけにはいかない。そんなことをすれば、二階で眠っている妾が起きてくるかもしれないではないか。

こたびの復讐と関わりがない者を殺すわけにはいかない。この家で殺さなければならないのは、津之助一人だけだ。

もし津之助が二階で妾と一緒に寝ていたら、妾は気絶させるつもりでいた。

もう一度、津之助が息絶えているのをしっかり確かめてから、鉄三は部屋を出た。

廊下を歩きながら長どすを手から外そうとしたが、指がこわばり、なかなか柄から離れなかった。なんとか長どすを指から引きはがすと、盛大な吐息を漏らしそうになった。

家の中を歩いていくと、自分の顔から血がしたたり落ちたのに気づいた。着物も、ぐっしょりと重くなっている。

着替えをしなければならない。いくら深夜とはいえ、この形で道を歩くことはできない。血のにおいもひどすぎるほどだ。

引き返して別の部屋に行くと、着物が入っていそうな簞笥があった。引き出しを開けて中を探り、津之助のものとおぼしき着物を取り出した。その場で着替え、血に汚れた着物を引き出しに押し込んだ。

　別の引き出しから取り出した手ぬぐいで、顔や首についた血を丁寧に拭いた。汚れた手ぬぐいも引き出しに放り入れ、鉄三は改めて隣の部屋に横たわっている津之助を見やった。

　無念そうに目を見開いているが、津之助にはもはやなにも見えていない。目は空虚さのみを捉えている。

　ざまあみやがれ、と腹の中で毒づいて鉄三は外に出た。裏庭にあった井戸で水を汲み、顔や手を洗った。

　――やってやったぞ。

　戸を元に戻し、暗くて人けがまったくない道を鉄三は歩き出した。

　どこからか犬の物悲しい遠吠えが聞こえてきた。しばらく歩くと水路があり、そこに長どすを捨てた。長どすなど、そこらの刀剣屋でいくらでも売っている。さして高い物でもない。必要となれば、また買えばいい。

　逗留している旅籠の臼島屋に戻ろうとしたが、津之助を手にかけた興奮がおさまらず、まだ体を動かしていたかった。

　ひたすら夜の町を歩き続けた。やがて夜が明け、それと同時に興奮もようやくおさまってきた。わずかだが、空腹を感じた。

鉄三は自分の形を改めてじっくりと見た。どこにも血などついていないことを確かめてから、朝早くから朝餉を供している一膳飯屋に入った。

出職の職人らしい者やこれから商売に出ようとしている魚売り、蔬菜を売りに来た百姓などで、店は一杯だった。

広いとはいえない土間に置かれた長床几に腰かけ、鉄三は小女に焼鮭と納豆、飯、味噌汁、漬物を頼んだ。

納豆は子供の時分から好物だ。鮭は越後で暮らしているときによく食し、好物になった。江戸に来てからはなかなか食べられなかったが、注文できる際は必ず食すようにしている。

やがて注文の品がやってきた。こんなに食えるだろうか、と不安になった。調子に乗って頼みすぎたか。

しかも、箸を持つ手がまたしても震え出し、ぽろぽろと飯をこぼしたり、鮭の身を口に持っていくことができなかったりした。納豆も、うまくかき混ぜられなかった。

周りの客たちにそれを見られているような気がして落ち着かず、せっかくの鮭の味も台無しだった。

それでも、なんとかすべてを胃の腑におさめた鉄三は茶を飲みながら、次は誰を殺るか、と考えた。

珠吉だろうか。いや、やはり先に殺るのは幸八しかいない。

幸八は大工である。大工になろうとして修業をはじめた鉄三を、さんざんいびった男だ。

あの男がいなければ、と鉄三は思った。今頃は腕のよい大工として真っ当な人生を歩んでいたはずだ。

それを妨げた男である。許すことはできない。鉄三の命の火が消える前に、この世から除いてしまわなければならない。

今も昔の住処にいるのだろうか。食事代を払って一膳飯屋をあとにした鉄三は、幸八が暮らしていた駒込四軒寺町へ足を運んでみた。

しかし、さして調べてみるまでもなく、幸八はもうこの世にいないことが判明した。酒の飲み過ぎで肝の臓を壊し、とっくにくたばっていたのだ。

——勝手に死にやがって。

鉄三は無念でならなかった。この手で幸八を殺したかった。

だが、死んでしまっているものは、どうすることもできない。
ひどく咳が出た。またいつもの発作である。
発作がおさまったのち、鉄三は体に力が入らないのを感じた。
こんなことで復讐を遂げられるのか、途方に暮れる思いだった。
——仕方ねえ、臼島屋に戻るか。
体をいたわりながら鉄三は再び道を歩きはじめた。

第二章

一

明くる朝、いつものように南町奉行所に出仕し、富士太郎は同心詰所で同僚たちと談笑した。

――さて、そろそろ見廻りに出ようかね。

腰を上げようとしたとき、伊助が詰所に飛び込んできた。血相を変えており、なにか大事が起きたことを富士太郎は覚った。

「なにがあったんだい」

他の同心たちに辞儀しながらそばに来た伊助に、富士太郎は質した。伊助が喉仏をごくりと上下させる。

「どうやら、津之助さんが殺されたようなんです」

ええっ、と富士太郎は絶句しかけた。

——昨日、会ったばかりなのに……。

「まちがいないのかい」

偽りや嘘であるはずがないのはわかっていたが、富士太郎は確かめずにいられなかった。

はい、と伊助が深くうなずく。

「駒込肴町の自身番から知らせが来ましたので、まずまちがいないものと」

そうかい、と富士太郎は顎を引いた。

「下手人は捕まったのかい」

「まだ捕まっていないようです」

「よし、わかったよ。さっそく行こう」

すっくと立ち上がり、富士太郎は伊助とともに詰所をあとにした。長屋門になっている大門を抜け、町奉行所の外に出た。

大門から少し離れたところに珠吉が立っていた。

「珠吉、待たせたね」

歩み寄って富士太郎は声をかけた。

「いえ、さして待っちゃあ、おりやせん」

富士太郎は、珠吉の顔にさりげなく目をやった。今日も顔色はよく見える。これなら心配なさそうだ。

「珠吉、津之助が殺されたそうだよ」

驚きの思いを隠すことなく、富士太郎は語りかけた。

「ええ、あっしも先ほど伊助から聞きました。津之助には昨日会ったばかりですからね。さすがに仰天(ぎょうてん)しましたぜ」

軽く首を振って、珠吉が富士太郎をじっと見る。

「旦那、あっしが殺(や)ったんじゃありませんから、安心してくだせえ」

「馬鹿いってるんじゃないよ」

珠吉を見返して富士太郎は一笑に付した。

「珠吉が殺っただなんて、おいらはこれっぽっちも思っちゃいないよ」

珠吉が冗談をいっているのだとむろんわかったが、富士太郎は大まじめに返した。少し息を入れてから、顔を伊助に向ける。

「駒込肴町までの道はわかるな」

「もちろんです」

自信満々の顔で伊助が請け合った。

「ならば、行こうか」

手を振って二人をいざない、富士太郎は歩き出した。伊助が富士太郎の前に立ち、珠吉は後ろについた。

飛ぶように歩いて、半刻ほどで駒込追分にやってきた。昨日はこの追分を左に折れて中山道に入ったが、今日は道をまっすぐに行き、日光街道を進んだ。

駒込追分から十町ほど行くと、駒込肴町に入った。

「あそこみたいですね」

足を止めることなく伊助が指さす。富士太郎は顔を上げた。

昨日と同様、行く手の路上で野次馬が押し合いへし合いしているのが見えた。

津之助の家は日光街道に面した一軒家で、二階建てだった。かなり大きな家で、六部屋は優にありそうに見えた。

急ぎ足で富士太郎たちは近づいていった。

「津之助は、ずいぶんいいところに住んでいたんだね」

野次馬たちの背中越しに家を見上げて富士太郎は、嘆息を漏らした。

「阿漕なことを続けて、いったいどれだけ貯めたんでしょうね」

腹立たしげに珠吉がいった。

「しかし殺されちまったのなら、津之助はその付けを払ったともいえるんでしょうが……」

伊助が野次馬たちに一足早く近づいた。

「町方の旦那のおでましだよっ。さあ、みんな、どいてくんな」

珠吉顔負けの大声を伊助が発した。えっ、という顔で野次馬が一斉に振り向く。

まさか伊助がこれほどの大音声を出せるとは思っておらず、富士太郎も目をみはった。

「さあ、道を開けるんだ」

伊助の命に従って野次馬がぞろぞろと動き、人だかりが二つに割れた。

——珠吉を見習ったんだね。さっそく実行するなんて、伊助はやはり並みではないね。

富士太郎は伊助がつくってくれた道の真ん中を歩き、戸口に向かった。

駒込肴町の自身番付きの者なのか、体軀のたくましい若者が戸口に立っていた。

「どうぞ」

富士太郎を見るや、若者は心得顔で横にどいた。ご苦労さんだね、とねぎらって富士太郎は戸口を入った。

土間で履物を脱ぎ、式台から家に上がる。後ろに珠吉と伊助が続いた。

「あっ、樺山の旦那、こちらです」

奥の間に、駒込肴町の町役人である伊太吉が立っており、さっと手を上げてみせた。伊太吉に招かれるようにして富士太郎は奥の間に足を踏み入れた。濡縁がついている八畳間である。

八畳間に足を踏み入れた瞬間、富士太郎は、うっ、とむせそうになった。障子や襖は開け放ってあるが、腐敗したような血のにおいが部屋中に充満していたのだ。

役目柄、血のにおいには慣れているが、ここまで腐ったようなにおいは経験したことがなかった。

——なんだい、これは。

ゲジの津之助と呼ばれていた男だ。普通の人とはまるで異なる血のにおいを発していても、おかしくはないのか。

——悪どいことばかりやっていると、血が腐って、ひどいにおいを発するようになるのかもしれないね。

さすがの珠吉も、ひどく顔を歪めていた。伊助は手で鼻と口を押さえている。

富士太郎は息を止めて、畳の上に仰向けになっている津之助を見た。

——確かに津之助だね。

昨日会ったばかりである。見まちがえるはずがない。

津之助の目は大きく見開かれ、虚空を見つめていた。腹と胸から大量の血が流れ出し、寝間着と畳を赤黒く染めている。

津之助の腹からは臓腑がぐちゃぐちゃになってはみ出しており、あばら骨らしきものも見えていた。

「しかし、こいつはひどいやられようだね」

独りごちて富士太郎は津之助を見つめた。いかにも深いうらみを感じさせる殺し方だ。

——津之助がこれまでしてきたことを考えれば、こんな死に方もなんら不思議ではないけどさ。でも、こうして骸になっちまうと、やはり哀れだね……。

三本の酒徳利が横になり、口から垂れたしずくが畳を濡らしている。杯が一つ、そのそばに転がっていた。

この部屋で酒を飲んでいたところを、津之助は襲われたのか。それとも、酒を飲んで眠ったところを殺されたのか。

目を開けているところから前者のように思えるが、うとうとしていたときに刺された痛みで、目を、かっ、と見開いたのかもしれない。

「検死は終わったのかい」

顔を転じて富士太郎は伊太吉にきいた。

「はい、終わっています。半刻ほど前に備寛先生がいらして、丁寧に骸を調べていかれました」

ならば、富士太郎が死骸に触れたり、動かしたりしてもよいということだ。

「備寛先生はなんといっていた」

「腹や胸を何度も鋭い刃物で突かれたのが、津之助さんの命を奪ったとおっしゃっていました」

「腹や胸以外に傷はないんだね」

「はい、どこにもないようでございます。とにかく、下手人は津之助さんを三十回以上も刺しているとおっしゃっていました」

「そんなに……。すごいね」

背筋が寒くなる思いである。富士太郎は息をのんだ。

「凶器は」

「脇差(わきざし)や長どすのような鋭利な物ではないか、とのことでございます」

「まだ見つかっていないんだね」

「さようにございます」

下手人が持ち去ったんだろうね、と富士太郎は思った。

「津之助が殺された刻限は」

「四つから八つまでのあいだではないか、とのことでございます」

津之助が真夜中に殺されたことに、富士太郎に異論はない。しゃがみ込み、津之助の骸をじっと見た。

——無念そうな顔をしているね。昨日のおるいのような……。

血を失いすぎたか、顔色は灰色を通り越し、白くなっている。

——昨日珠吉が、そのうち誰かに殺されるといっていたけど、うつつのことになっちまったね。

津之助は昨日、白山権現の参道で誰かに見られているといっていた。それがここ最近、日に何度もあるとも。

――その眼差しの主が、津之助を殺したのかな。

今のところ、それが最も考えやすい。

――昨日、津之助に目を当てている者は見当たらなかったけど、おいらや津之助の目に入らなかっただけのことか。下手人は、巧みにおいらたちの目を避けていたようだね。

よっこらしょ、と心の中でいって富士太郎は立ち上がった。

――三十回以上も津之助を刺しているなら、下手人は相当な返り血を浴びてるだろうね。その着物を着たまま外に出ていったのだろうか。

「旦那」

隣の六畳間から珠吉が声をかけてきた。

「この簞笥を見てくだせえ」

敷居を越え、六畳間に入った富士太郎は簞笥に歩み寄った。珠吉の指さすところを見る。引き出しにかすかに血がついていた。

「下手人が触ったようだね」

富士太郎は引き出しを開けてみた。そこには、血にまみれた着物と、赤黒く染まった手ぬぐいが押し込んであった。

「どうやら下手人は、津之助の着物に着替えたようだね。この手ぬぐいは、顔や首についた血を拭(ぬぐ)ったんだろう。下手人は着替えを用意していなかった。つまり、三十回以上も津之助を刺すつもりはなかったということだね。おそらく激したせいで我を忘れ、そこまでやってしまったにちがいないよ」

「そうかもしれませんね。端(はな)から三十回以上も刺す気でいたなら、返り血のことを考えていないと、おかしいですからね」

富士太郎は、血まみれの着物を引き出しから取り出した。

「なにか手がかりになるようなものが、袂(たもと)に入っていないかな」

珠吉が着物を受け取り、袂を探ってみる。

「なにもありませんね。この着物自体、紺色(こんいろ)の縞柄(しまがら)で、ありふれたものですし……」

そうだね、と富士太郎はいった。

「下手人につながるような色や柄ではないね」

「一応、手ぬぐいと一緒に持ち帰り、なにか証拠となるようなものがないか、調べてみます」

「そうしてくれるかい」

懐から自前の手ぬぐいを取り出し、珠吉が着物と血のついた手ぬぐいをまとめて縛った。

引き出しを閉じた富士太郎は顔を転じ、伊太吉にたずねた。

「津之助の妾はどこにいるんだい」

「今も二階におります。手前が呼んでまいりましょう」

気軽にいって伊太吉が、戸口近くにある階段を上っていった。

しばらく間があったが、やがて階段を下りてくる足音が聞こえてきた。

二つの影が、こちらにやってきた。気を利かせて、珠吉と伊助が六畳間を出ていく。

――話を聞くのなら、この六畳間のほうがいいだろうね。

物言わぬ津之助が横たわっている八畳間での話は避けたほうがよいだろう。妾は津之助の骸など見たくないだろうし、畳や骸にしみついた血も、いまだにすさまじい臭気を放っている。

富士太郎は妾を部屋に招き入れ、座るようにいった。妾は素直に従い、富士太郎の向かいに腰を下ろした。

妾は若く、せいぜい二十になったくらいではないか。気持ちが落ち着かないらしく、怯えた表情をし、しきりに両手をこすり合わせていた。

「おまえさん、名はなんというんだい」

優しい声音で富士太郎は問うた。妾は一瞬、息を詰めたような顔をした。

「すな、と申します」

「おすなさんというんだね。きれいな名だね」

「あ、ありがとうございます」

かたい表情のおすなが辞儀した。

「旦那が殺されて、驚いただろう」

「はい、とても……」

胸に手を当てておすなが答えた。

「おすなさんは津之助を殺した下手人を見たかい」

いえ、と無表情のままおすながかぶりを振った。

「わ、私はなにも見ていません」

「昨晩、なにか妙な物音や気配は感じなかったかい」

「なにも感じませんでした」

「津之助は昨夜の四つから八つまでのあいだに殺されたようなんだよ。その頃、おまえさんはなにをしていたんだい」

膝の上で手を重ね、おすなはしばらくそれをじっと見ていた。

「私たちの寝所は二階にあるのですが、四つ頃には二人で上がっていました。二人で横になっていろいろと語らったあと、旦那さまは寝つかれなかったみたいで、酒を飲むとおっしゃって、一階に下りていかれました」

「それで」

間を置かず富士太郎は先を促(うなが)した。

「その後、私は眠ってしまいました。朝、起きたら、旦那さまの変わり果てた姿が……。あわてて隣家のおつるさんに知らせました。おつるさんは仁吉(にきち)さんのおかみさんで、私はいつもよくしてもらっているものですから……」

おすなが頼りにしているおつるが自身番に知らせ、その上で町奉行所に使者が走ったのだろう。

うなずいた富士太郎は、おすなを見つめた。おすなが体をかたくしたのを見て、すぐに目から力を抜いた。

「ここ最近、津之助は誰かに狙われているようなことを口にしていなかったかい」

　うつむいて、おすなが考える。

「いえ、狙われているとはいってませんでした。ただ近頃、誰かに見られているような気がするとは、口にしておりました。そのことは、かなり気にしている様子でございました」

「眼差しの主について、心当たりがあるとはいっていなかったかい」

「しきりに考えていたようですが、心当たりはないようでした。なんとかとっ捕まえて懲（こ）らしめてやりたいと、悔しそうにいっていました」

　ふむ、といって富士太郎は小さく首を上下させ、新たな問いを放った。

「津之助に身寄りはいたかい」

「いえ、いなかったはずです。幼い頃に二親（ふたおや）とは死に別れ、兄弟もいなかったと聞いております」

　孤児（こじ）だったのかい、と富士太郎は思った。

　——もともと不幸な生い立ちだったんだね。

　津之助はこの世を一人で生きていくためにずる賢くなり、平気で人を陥（おとしい）れるようになったのかもしれない。

「女房もいなかったんだね」

「さようにございます」

そうかい、と富士太郎は応じた。ならば、子もいないのだろう。

「この家の戸締まりはどうしていたんだい」

「元岡っ引ということもあって、旦那さまは用心を怠りませんでした。ですので、いつもきっちりと戸締まりはしておりました」

ならば、と富士太郎は考えた。下手人はどこから入り込んだのだろう。家の者が手引きをすればたやすいが、おすながそんなことをするだろうか。

富士太郎はおすなを見つめた。

――しそうには見えないね。下手人はなんらかの手を使い、この家に忍び込んだんだろう。

「おまえさんは、どんないきさつがあって津之助の妾になったんだい」

はい、とおすながいった。

「さる口入屋に、よい人がいたらお願いします、と周旋を頼んでおりました。そうしたら、数日後に旦那さまを紹介してくれました」

妾奉公としては、最もよくある形であろう。

「それはいつのことだい」

「三年ばかり前のことでございます」

「それからずっと津之助の妾だったんだね」

「さようにございます。旦那さまは、追い出すようなことはせず、ずっとここに置いてくださいました」

妾奉公は、だいたい二月ごとに契約を改めていくことになっている。互いに気に入らなかったら、すぐに契約を破棄できるような仕組みになっているのだ。

「おまえさん、歳は」

「十九でございます」

富士太郎がだいたい予想していた通りの年齢だが、おすなは十六のときから津之助の妾となっていたのだ。

——まあ、そのくらいの歳から妾奉公をはじめる娘は珍しくもないか……。

「身寄りは」

「二親がおります。あと幼い妹と弟も」

「家族は一緒に暮らしているのかい」

「さようです。おとっつぁんは足の怪我のせいで働けず、おっかさんも体が弱く病がちなもので、一家は私の仕送りでなんとか暮らしています」

「おまえさんが一家の大黒柱なんだね」

「はい、そういうことになりましょう……」

この歳で家族を支えていかなければならないのだ。富士太郎はおすなに哀れみを覚えた。

「津之助がこんなことになってしまって、これからどうするつもりだい」

「また口入屋に頼むつもりでいます」

新たな旦那を捜すということだ。それしかないかもしれないね、と富士太郎は思った。

おすな自身、手に職があるようには見えない。器量(きりょう)はさほどよいとはいえないが、気性(きしょう)は穏(おだ)やかで優しそうだ。しかもまだ若い。

「おまえさんなら、よい旦那はいくらでも見つかるよ」

富士太郎がいうと、初めておすなの表情がやわらいだ。

「お役人にそうおっしゃっていただくと、力が湧いてきます」

「それはよかった」

富士太郎は微笑し、立ち上がった。

「おすなさん、一つ頼みがあるんだが」

「はい、なんでございましょう」

小首をかしげておすなが見上げてくる。

「その箪笥を見てほしいんだ」

富士太郎はすぐに説明を加えた。

「返り血を浴びた下手人が、津之助の着物に着替えたようなんだ。箪笥からなくなっている着物が何色で、どんな柄の着物だったか、教えてほしい」

わかりました、といっておすなが立った。血がついた箪笥を見て、少し怯(ひる)んだような顔をしたが、意を決したように引き出しを開けてのぞき込む。あっ、と小さく声を発した。

「一番上にあった小袖(こそで)がなくなっています。紺色の小袖で、縞は菱形格子(ひしがたごうし)でございます」

色も柄も、どこにでもあるものだ。その小袖を着ている者は、江戸にはごまんといる。下手人を捜すための手がかりには、なりそうにない。

「よし、これで終いだよ」

富士太郎が宣(せん)するようにいうと、おすながほっと息をついた。こわばっていた体からも、少し力が抜けた。

おすなに別れを告げて六畳間を出た富士太郎は、隣の八畳間にいた伊太吉に話しかけた。やはり今も血のにおいはすさまじい。

「津之助は身寄りがないそうだね。葬儀や埋葬について、おまえたちにすべて任せていいかい」

「お任せください。津之助さんには、立派な葬儀を出してあげますので」

胸を叩くような勢いで伊太吉が請け合った。富士太郎は意外な思いに囚われた。

「津之助に立派な葬儀を出すというのかい」

ええ、と伊太吉がうなずいた。

「津之助さんは、この町内の者にとてもよくしてくれましたから」

「えっ、それは本当かい」

「まことのことでございますよ。元岡っ引ということで、近所同士の揉め事などを鮮やかに片づけてくださいましたし、飲み屋などで一緒になった者に、よく酒を振る舞ってくださいました」

「ほう、そうだったのかい」

――隠居して津之助は変わったのか……。

「じゃあ、津之助は元岡っ引だったことを、隠していなかったんだね」

「さようにございます。岡っ引といえばやはり悪評高い者が多うございますから、前の身分を大っぴらにしない者がほとんどでございますが、津之助さんはちがいました」

――なんか、おいらの知っている津之助とは別人みたいだね。

まさか本当に別人が殺されたんじゃなかろうね、と考え、富士太郎は津之助の骸に眼差しを注いだ。

――ふむ、まちがいないね。やはりゲジの津之助だよ。

富士太郎を見つめて伊太吉が言葉を続ける。

「本人はこれまでずっと悪さばかりしてきたから、その罪滅ぼしだといっていました。俺は生まれ変わるんだ、とも口にしていました」

隠居をきっかけにそれまでの人生を振り返り、津之助の中で悔いることが多々あったのかもしれない。

「ですので、そんな津之助さんが無慈悲にも殺されてしまい、手前は残念でなりません」

「そうかい、よくわかったよ。津之助のために、立派な葬儀を出してやっておくれ」

「承知いたしました」

富士太郎に向かって、伊太吉が深く腰を折った。

家の外に出た富士太郎は珠吉と伊助に、どこから下手人が入り込んだか、ちと調べるよ、といって家の周りを見て回った。

「旦那」

戸口のほうから、珠吉の声が聞こえた。雨戸をじっくりと見ていた富士太郎が伊助とともに足を運ぶと、珠吉が戸口の戸を指さしていた。

「これじゃあ、ありませんかね」

富士太郎が見ると、戸の下のほうに小さな傷があった。

「ここに平鑿のようなものをねじ込み、それで戸を持ち上げて外したんでしょう。忍び込んで津之助を殺し、またここに戻ってきて戸を元通りにしたんですね。戸が破られていなきゃ、仮にそばを通りかかった者がいても、中で変事が起きているなんて、思いやしませんからね」

なるほど、そういうことだろうね、と富士太郎は思った。これで下手人がどこから侵入したかはわかった。

「ずいぶん手慣れているように見えるね」

「ええ、手際はかなりいいようですよ。落ち着いて戸を外していますね」

「場数を踏んでいるのかな」

「かもしれません」

――ならば、盗人の経験を持つ者が下手人かな……。

過去に津之助に捕まったことがある盗人を、当たってみるのがよいかもしれない。

――手としては、番所の例繰方で、そのことをたずねるのがいいかな。

そのとき一陣の風が吹き抜け、着物に染み付いた血のにおいが取り払われたような気がして、富士太郎は、ほっと息をついた。

富士太郎たちは道に出て、歩き出した。

「旦那、それにしても津之助の話は意外でしたねえ」

感極まったように珠吉がいい、首を小さく振った。

「まさか、あの津之助が改心しようとしていたなんて……」

本当だよ、と富士太郎は声を上げた。

「びっくりしたよ。来し方を振り返って生まれ変わろうとしていたから、誰かに見られていることに、津之助はひどく怯えていたんだろうね。死にたくなかったんだ」

「そういうことでしょうね。隠居して生き方を変えようとしていたのに、津之助は殺されちまった。人生の皮肉を感じますよ」

まったくだね、と富士太郎は同意した。

――昨日は元気だったのに、今日はもう骸になっている。人という生き物は、なんて儚いものか。

「おいらたちも、悪党どもにうらみを買っているのは確かだからね。気をつけなきゃ、いけないね」

「あっしは御番所で働きはじめて長いですから、特に用心しなきゃいけませんや」

「珠吉、気をつけておくれよ。珠吉には長生きしてもらいたいからね」

なあに、と珠吉が息巻くようにいった。

「あっしは悪党どもなんかに負けはしませんよ。返り討ちにしてやりますさあ」

「その意気だよ、珠吉」

それで旦那、と珠吉が平静さを取り戻した顔でいった。

「これからどうしますかい」

「下手人を捕らえるしかないね」

目を閉じ、富士太郎は腕組みをした。目を開け、珠吉と伊助を見る。

「津之助はゲジと呼ばれるほど狡猾で悪どい男だった。大勢の者からうらみを買っていた。まずは、津之助が誰にうらまれていたか、それを探ることからはじめるとしよう」

「では、どうしますかい」

珠吉が真剣な目を富士太郎に当ててくる。

「御番所に戻って、例繰方から津之助が関わった事件を教えてもらいますかい」

「そうも考えたんだけど……」

言葉を切り、富士太郎は少し考えた。

「それよりも、津之助を手先として使っていた元定町廻り同心に会うほうが早いよ。津之助について、詳しく知っているにちがいないからね」

「津之助を手先として使っていたご同心というと、山岡春之丞さまですね」

「その通りだよ」

すぐさま富士太郎は肯定した。

「山岡さまは、今も八丁堀に住んでいらっしゃるんですかい」

「八丁堀の屋敷の敷地内に隠居所を建てて、そこで暮らしているという話だ。今は、孫の世話が最も大事なお役目になっているんじゃないかな」

「もしや旦那はその気で、もう向かっているんですかい」

「そういうことだよ」

富士太郎は珠吉と伊助を引き連れ、八丁堀へと足を急がせた。

「しかし、おなかが空(す)いたね。山岡さまの屋敷に行く前に、どこかで昼餉にしよう」

「そりゃいいですね。なにを食べますかい」

顔をほころばせて珠吉がきいてきた。そうさねえ、といって富士太郎はしばし思案した。

「どういうわけか、今日は魚が食べたい気分だよ」

「おっ、魚ですかい。いいですねえ。あっしも、脂(あぶら)がたっぷりのった鰺(あじ)を食べたくなってきましたよ」

「脂たっぷりだなんて、珠吉はやっぱりまだまだ若いね」

「そりゃそうですよ。若い者には負けていられないですからね」

右腕に力こぶをつくって珠吉が笑った。

二

もう昼は過ぎているが、あまり腹は空いていない。最近は、ろくに空腹を覚えなくなった。

夏の陽射しが降り注ぎ、江戸の町はかなり気温が上がっているはずだが、鉄三はあまり暑さを感じていない。むしろ体は冷たいくらいだ。

だが、この陽射しの強さはどうだ。やはり越後よりも江戸のほうが、夏の到来は遥(はる)かに早いのだろう。

ようやく臼島屋が視界の中に入ってきた。やれやれだ、と思いながら、鉄三は『御宿』と染め抜かれた暖簾(のれん)を払い、細長い土間に入った。

「あっ、お帰りなさいませ」

驚いたようにいったのは、番頭の種吉(たねきち)である。

「鐘三さん、お出かけでございましたか」

「ああ、実は明け六つ頃に江戸見物に出たんだ。誰もが忙しそうにしていたから、断らずに出ちまった」

「さようでございましたか」

「それで、江戸見物にも疲れちまって、一休みしようと戻ってきたんだ」

「朝餉は要らないということでしたから、部屋で眠っていらっしゃるものと思っておりましたが」

「今から、一眠りさせてもらうよ」

「わかりました。では奉公人に、鐘三さんを起こさないようにいっておきます」

「頼むよ」

「あの、鐘三さん」

どこか不安そうな顔の種吉に呼ばれ、鉄三は足を止めた。

「なにか」

「あの、お顔の色があまりよろしくないように見えるのですが、大丈夫でございますか」

なんだとっ、と思い、鉄三は顔をしかめた。

「そんなに悪く見えるか」

「ええ、ちょっと……」

遠慮気味に種吉が言葉を濁した。これは相当悪いんだな、と鉄三は思わざるを得ない。

「俺には持病があるんでな、こればかりは仕方がねえよ」

「ああ、持病が……。お薬は」

「もちろん持ってきている。部屋に戻ったら、飲むつもりだ」

「さようにございましたか。お呼び止めしてしまい、まことに申し訳ありませんでした」

「いや、別に構わねえよ」

鉄三は、とんとんと調子よく階段を上がろうとしたが、鉄の塊をのみ込んだかのように体が重かった。胸の奥のほうに、鈍い痛みが居座っている。

階段をゆっくりと一段ずつ上っただけで、ぜえぜえとあえぐ羽目になった。息を切らしながらなんとか廊下に立った。

――ここで一晩眠って、疲れが取れたなんて、とんでもねえことだ。ただ病が一休みしていただけじゃねえか。

廊下をまっすぐ進み、三つ目の部屋の前で足を止めた。襖を開け、中に入る。

すぐにも敷きっぱなしの布団に倒れ込みたかったが、鉄三は窓際に寄り、窓を開けた。

下を走る街道には、この宿を抜け出た夜の四つ頃とは打って変わり、大勢の人が歩いている。なにしろここは、一万人もの人が暮らしているといわれる千住(せんじゅ)宿(しゅく)なのだ。

――ああ、俺は本当に江戸に戻ってきたんだな。

眼下の道の様子を目の当たりにして、鉄三は胸が一杯になり、目に涙がにじんだ。

――まだ江戸の入口といったところだが、死ぬ前に戻れて本当によかった……。

窓を静かに閉め、鉄三は布団の上に、ごろりと横になった。持病の薬など持っていない。前に越後で購入しようとしたことはあるが、あまりに高価で、手が出なかった。

天井(てんじょう)を見つめ、ふぅー、と息を吐き出す。横たわると、少しだけ体が楽になった。

――やってやったぞ。

津之助を殺害して、すでにかなりのときがたっているというのに、津之助をこの手で刺し殺したという興奮が再びよみがえってきた。またしても両手が、ぶるぶると震えはじめる。

――このくらい、仕方あるめえ。久しぶりに人を手にかけたんだからな。

とにかく、と鉄三は思った。

――俺はうらみを晴らしてやったんだ。

津之助にはなぜか目の敵にされ、散々いたぶられてきた。うらみつらみが募ったが、仕返しすることなど一度たりとも考えられなかった。

津之助は恐ろしいほど強い男で、鉄三はまったく歯が立たなかったのだ。いつか殺してやるとの思いだけが、沼底に溜まる泥のように心に積み重なっていった。

――津之助の野郎も、今や老いさらばえて、昔の強さは見る影もなかったな。

そうではないかという期待はあったのだ。津之助もすでに六十を越えていたはずだ。

いくら若い頃から無双の強さを誇っていたといっても、いつまでもそれを維持できるわけではない。誰しも寄る年波には勝てないのだ。

いつの間にかまぶたを閉じていたようだ。ふっと目を開けると、天井に津之助の顔が映り込んだ。

――おめえがいなければ、俺はもっとまともな人生を歩めたんだ。そうだ、珠吉も同じだ。やつがいなければ、俺はちがう暮らしができていた。江戸を離れることもなかった。

ならば、と鉄三は決断した。次は珠吉だ。

そういえば、と思い出した。昨日、白山権現の参道で津之助のようすをうかがっているとき、珠吉が町方役人とともにあらわれたことを。

珠吉は、今も町奉行所で中間を務めている様子だった。もうとうに六十を過ぎているはずなのに、隠居してはいないのだ。

鉄三は、珠吉を見つめるようなことはしなかった。そんな真似をすれば、あの男は眼差しの主が誰なのか、覚りかねない。それだけの勘の鋭さがある。

――さて、珠吉をどうやって屠るか。

目を閉じて考えはじめた。珠吉はきっと今も、南町奉行所内の中間長屋を住処としているはずだ。

――さすがに番所内に忍び込むわけにはいかねえな。珠吉を人けのない場所におびき出すのがよいだろうか。

それしかなかろう、と鉄三は判断した。

――しかし、珠吉を殺るとなれば、この宿に長居するわけにはいかねえな。いずれやつは津之助を殺ったのが俺だと察し、やってくるにちげえねえからだ。

鉄三は、できるだけ早いうちに臼島屋を引き払う気になった。

――だが、その前に一眠りしなきゃならねえな……。

体力、気力を復活させるためだ。昨夜、一睡もしていないこともあり、鉄三はほとんど一瞬で眠りに引き込まれた。

三

今日は、佐之助が竹刀を握り、源六に稽古をつけている。佐之助も直之進と同様、防具を着けていない。

源六と竹刀を激しく打ち合わせているが、実に楽しそうな表情をしている。

――倉田があのような顔をするとは……。

以前の佐之助は、気難しそうな顔をしていることが多かった。それがあれほど明るい笑顔を見せるようになったのは、いつからだったか。

――やはり千勢と一緒になり、お咲希を養女に迎えてからだろう。

千勢は駿州沼里の出で、以前は直之進の妻だった。沼里で夫婦として一緒に暮らしていたのだ。

だがある日、千勢は不意に行方をくらました。一緒になる前に千勢が想っていた藤村円四郎という沼里家中の侍が殺され、その下手人を追いかけて江戸に向かったのだ。

藤村円四郎を殺したのは佐之助だった。もともとは御家人だったが、その頃、佐之助は殺し屋をしていたのだ。

その後、直之進も江戸に出て千勢の行方を捜し回った。円四郎を殺した下手人が佐之助と判明し、真剣で戦うことになった。

わずかの差で直之進が勝ちをおさめ、ひどい傷を負った佐之助は這々の体で逃げ去った。直之進自身も軽くない怪我を負い、佐之助を追うことはできなかった。

重傷を負った佐之助が逃げ込んだ先は、千勢が暮らす長屋だった。佐之助は自身を想い人の仇と付け狙う女のもとに、あえて身を寄せたのだ。

おそらくその頃から佐之助は千勢に惚れており、どうせ死ぬなら好きな女の手で、と思い定めたのではないだろうか。

結局、千勢は迷った末、佐之助を殺さなかった。その頃から、おそらく千勢も佐之助に対し、惹かれるものがあったのだろう。

その後、直之進は千勢と正式に別れた。千勢は佐之助と一緒になり、千勢が働いていた料理屋の孫娘、お咲希を養女に迎え、実の子も同然に育てはじめた。さらに佐之助は、風魔の残党に襲われた徳川将軍の命を救ったことで、殺し屋として犯した罪の数々は、なかったものとされた。

今は秀士館の剣術方の師範代として堂々と働き、音羽町に家を買って、千勢とお咲希と三人で仲睦まじく暮らしている。

その佐之助が、いま源六と激しく打ち合いはじめていた。もちろん腕がちがいすぎて、佐之助に余裕があるのは明らかだが、顔は真剣味を帯びている。

佐之助は手加減をむろんしているだろうが、少しでも気を緩めると、源六から目にもとまらぬ面や胴が飛んでくる。佐之助としても、心地よい緊張の中で、稽古に励めているのではあるまいか。

今日は、佐之助が源六と手合わせしてもよいか、と願い出てきたので、直之進は快(こころよ)く譲(ゆず)ったのだ。じかに竹刀を合わせることで、佐之助は源六の筋のよさを掌中(しょうちゅう)にしたように感じているのではないだろうか。

どうりゃっ、と鋭い声がすぐ近くでいきなり上がり、直之進はそちらを見た。今日の直之進の稽古相手である忠一が、思い切り踏み込んできたのだ。

忠一は昨日の直之進の言葉を忠実に守ろうとしているようで、柔らかく竹刀を振り下ろしてきた。

力んで竹刀を振っていたときよりも遥かに速く、力強さも増していた。

直之進はそれを弾き返さず、がしっ、と竹刀で受け止めた。すぐに鍔迫り合いになった。

忠一は体が大きく、ぐいぐいと直之進を押してくる。

「よし、いいぞ。もっと押せ。思い切り押して、俺を弾き飛ばしてみろ」

直之進は挑発し、忠一の気持ちを奮い立たせた。その言葉に勇(いさ)み立(た)ったか、忠一がさらに力強く押してきた。

いいぞ、と直之進はいった。

「大したものだ。あと少しで俺を弾き飛ばせるぞ。あと少しだ。がんばれ」

面の中の顔は紅潮している。両の頬を汗がだらだら流れているのがよく見えた。

――忠一はずいぶんと汗っかきなんだな。

頭から流れ落ちてきた汗が目にしみると、勝負に大きな影響が出る。それを防ぐために手ぬぐいを畳んで頭にのせ、面をかぶるのだが、忠一の場合、あまり効果がなかったようだ。

もっとも、手ぬぐいは、面の頭が当たるところが汗にやられて弱くなり、ぼろぼろになりかねないことを、できるだけ防ぐという意味もある。

直之進を押し続けるのがあまりに苦しかったようで、忠一の勢いが減じてきた。

「どうした、もう終わりか」

直之進は忠一を叱咤した。

「根性を見せてみろ。あと少しだぞ」

うー、と忠一がうなり声を上げた。途端に、忠一の体に力がみなぎってきた。

直之進を再び押しはじめる。

「そうだ、もっと押せ」

忠一の体に力が満ち、ばん、とぶつかってくる。直之進は自然に後方へと弾かれた。

すかさず忠一が竹刀を胴に払ってきた。かわすのはたやすかったが、直之進は忠一の竹刀をまともに腹で受けた。ばしっ、と音が立ち、なにも防具を着けていない直之進の腹に痛みが走った。

少し息も詰まった。

「あっ、湯瀬師範代、大丈夫ですか」

忠一があわててきいてきた。ふふ、と直之進は笑ってみせた。

「なに、大丈夫だ」

「まさか手前の竹刀が当たるとは、夢にも思いませんでした」

昨日の源六と、ほとんど同じ言葉を忠一が口にした。忠一、と直之進は呼びかけた。

「よくがんばった。あれだけ押せば、俺でも後ろに跳ぶしかなくなるのだ。押している最中はさぞ苦しかっただろうが、よく耐えた。見事だったぞ」

直之進は褒めちぎった。

「ありがとうございます。湯瀬師範代が励ましてくれたおかげでございます」

うれしそうに忠一が頭を下げた。

「よし、ここまでだ。昼休みまで他の門人と稽古しておれ」

「承知いたしました」

元気のよい声で答えた忠一が一礼し、少し休息を取っている様子の門人に声をかけた。二人はすぐさま竹刀で打ち合いをはじめた。

忠一も源六同様、商人の子である。ただし、源六とは異なり、長男とのことだ。

家は駒込浅嘉町（あさかまち）にあり、八塔屋（はっとうや）という小間物屋（こまものや）を営んでいるという。いずれ父親の跡を継ぐことは決まっており、当主になるまでのあいだ、秀士館で存分に剣術を学びたいと思って通っているらしい。

――忠一に源六ほどの腕があれば、また欲も出てくるのであろうが……。

その後、直之進は数人の門人の相手をした。佐之助も源六との稽古を終えたようで、今はほかの門人と竹刀を合わせていた。

源六がどうしたのか気になり、竹刀を振りながら直之進は道場内に目を走らせた。

源六は道場の端に座って面を取り、手ぬぐいで汗を拭いていた。今日こそは、早めに店に戻るつもりでいるのだろうか。

いったん納戸に入った源六が、着替えを終えて出てきた。戸口へと進み、こちらに一礼した。それから外へと足を踏み出し、戸を閉めた。源六の姿が見えなくなった。

やはり今日は店に帰るのだな、と竹刀を動かしつつ直之進は思い、三十すぎの陽八（ようはち）という門人の竹刀をがっちりと受け止めた。力任せに竹刀を押すと、陽八が後ろに、ずずっと音をさせて下がった。

「さあ、休むな。かかってこい」

叱咤するようにいうと、陽八が体勢を素早く立て直し、竹刀を正眼に構えた。間髪を容れずに直之進に突っかかってきた。上段から竹刀を振り下ろしてくる。

直之進は竹刀で陽八の竹刀を弾き返した。陽八はよろめいたが、その姿勢のまま竹刀を横に払ってきた。

明らかに奇襲で、腕のない者には通用するかもしれなかったが、直之進にはまったく通じない。直之進は陽八の竹刀を軽々と打ち返した。

自信のあった攻撃をあっさり受けられて頭に血が上ったか、陽八が遮二無二（しゃにむに）突っ込んできた。この闘志は素晴らしかったが、いかんせん、竹刀に鋭さがない。

陽八にしばらく竹刀を打ち込ませていると、道場の戸が開き、源六が道場に入ってきた。深刻そうな顔をして、直之進のほうを見る。なにかいいたげな表情をしていた。

例の男があらわれたのだな、と察した直之進は、ここまでだ、と陽八に伝えた。陽八が、すぐさま下を向き、激しく息をつきはじめた。

直之進は戸口に立つ源六に素早く近づいた。

「もしや例の男が姿を見せたか」

直之進が問うと、源六が、この先で待ち伏せを、といかにも辛そうな顔で答えた。

「男は、まだいるのか」

「いると思います」

「ならば、さっそくまいるとしよう」

源六をいざない、直之進は道場の外に出た。

「なにがあった」

興を抱いたような顔で佐之助が近づいてきた。直之進は手短に事情を説明した。

「二度とつきまとわぬよう、その男と話をつけに行くのか」

「倉田、一緒に来るか」

ふっ、と佐之助が小さく笑った。

「いや、やめておこう。湯瀬がおれば、事足りる」

「そうかもしれぬ」

佐之助と二人、雁首揃えて行くほどのことではない。

直之進と源六は秀士館の敷地を走るようにして突っ切った。

「あっ、あの男です」

秀士館の門を出て半町ほど行ったところで、源六がささやき、指を差した。

直之進が顔を上げて見ると、日暮里のほうへと通じる道の端に、一人の老人がぽつねんと立っていた。

直之進たちは老人に近づいた。老人はかなりの歳だ。源六がいっていたように、七十は超えているだろう。

「おう、源六さん、戻ってきてくれたか」

しわくちゃの顔をさらにくしゃくしゃにして、老人が喜びを露わにする。

「別に、会いたくて戻ってきたわけではない。こちらのお方に、話をつけてもらうために来たんだ」

老人をにらみつけて源六がいい放つ。

「話をつけるというのは、手前の願いを聞いてもらえるということかな」

「馬鹿をいうな」

怒りに震えた源六が罵声(ばせい)を浴びせる。

「二度と俺の目の前にあらわれないよう、きつくいってもらうんだ。そのために、こちらのお方に来ていただいたんだ」

「えっ、では手前の願いは聞き入れてもらえないと」

いかにも心外という顔で老人がいった。

「当たり前だろうっ」

苛(いら)ついたように源六が老人を怒鳴りつけた。

「何度も何度も断っているのに、懲りずに俺にまとわりつきやがって。もう、うんざりだ」

「あの、源六さん、まことに断るというのか」

嘘だろうといわんばかりの顔で老人がきく。

「当たり前だ」

憤然(ふんぜん)として源六が吐き捨てた。

「ご老人」

呼びかけるや直之進は前に出て、老人と相対した。

「俺は湯瀬直之進という者だ。おぬし、名は」

「湯瀬さまは、源六さんとはどういうご関係でございますか」

名を答えることなく老人が問うてきた。

「俺は、源六に剣術を教えている。源六はつまり俺の愛弟子（まなでし）だ。師匠は愛弟子のためなら、どんなことでもしなければならぬ」

「ああ、お師匠さんでございますか。して、そのお師匠さんが、なんの御用でいらしたのですかな」

のらりくらり、はぐらかすような口振りだ。直之進には、老人が相当の狸（たぬき）のように思えた。

「源六もいったが、おぬしと話をつけるためだ。源六は、おぬしの男妾になる気はまったくない。源六にはすでに許嫁もいるのだ。おぬしの望みが叶うことは、決してない」

「許嫁が……。さようでございましたか。手前の望みは叶いませんか」

しわを深くして、老人がおもしろそうに笑った。薄気味の悪い男だ、と直之進は思った。

「それでおぬし、名はなんという」

「あれ、お答えしていませんでしたか」

とぼけたように老人が首をひねる。

「うむ、答えておらぬ」

あくまでも冷静に直之進はいった。

「これはまことに申し訳ありません」

男が小腰をかがめてみせる。

「手前は鹿右衛門と申します」

「鹿右衛門というのか。どこの者だ」

「駒込追分町に住んでおります」

「なにか商売をしているのか」

「手前はとっくに隠居しております。なにもしておりません」

着ている物は高級そうだ。かなりの金持ちといってよいのではないか。

「おぬしは、どこで源六に目をつけた」

「目をつけた……。いえ、手前は見初めたのでございますよ」

もったいぶるように老人が言葉を切った。

「源六さんを見初めたのは、奈志田屋さんでございます」

その言葉に、今にも吐きそうな目で、源六が鹿右衛門を見る。その気持ちは直之進にも痛いほどわかった。

「奈志田屋で源六を見かけたわけか」

「買物に出たとき、よさそうな味噌屋さんを見つけまして入ったところ、そこに源六さんがいらしたというわけで……」

そういうことか、と直之進は思った。

「よいか、鹿右衛門とやら。もう二度と源六に関わるな。承知か」

「わかりました」

鹿右衛門が素直に顎を引いた。

「もっとも、今日は最後のお願いのつもりでまいりました。もし断られたら、今日限りで源六さんの前に姿を見せないと、端から決めておりました」

「それはまことのことか」

もちろんでございます、と鹿右衛門がしわ深い首を縦に振った。

「もしまたおぬしが顔を見せたら、次は容赦せぬぞ」

「えっ、容赦なさらぬとは、手前をどうされるおつもりで」

「命は取らぬが、痛い目に遭わせるかもしれぬ。覚悟をしておくがよい」

ふふ、と鹿右衛門が楽しそうに笑んだ。

「湯瀬さまとおっしゃいましたか。いかにもお優しそうなお人柄でいらっしゃいますな。手前のような年寄りに手荒な真似など、しそうに見えませんが」

「俺を甘く見ぬほうがよい」

鹿右衛門を見据え、直之進は警告を発した。

「俺は、これまで何人もの人を手にかけてきている。すべて悪人ばかりだ」

嘘だろうという目で鹿右衛門が直之進を見ている。

「俺は偽りなどいわぬ。正直いえば数え切れぬほどの悪人をあの世に送り込んだ。ゆえに、おまえのような気味の悪い老人をいたぶることに、良心の呵責など感じない。やるときは徹底してやる。鹿右衛門とやら、わかったかな」

「わ、わかりました」

直之進の言葉に恐れをなしたか、鹿右衛門の顔は青くなっていた。

「では、これで失礼いたします」

頭を下げ、鹿右衛門が泡を食った様子でその場から去っていった。

「すごい……」

遠ざかっていく鹿右衛門を見やって、源六が感嘆の声を放つ。

「さすがは湯瀬師範代だ」

「脅しとはいえ、効き目はあったようだな」

「ありすぎるくらいでございます。あの男があれだけあわてるなど、手前は初めて見ました。胸がすきました」

「それはよかった」

「湯瀬師範代、まことにありがとうございました」

深々と腰を折って源六が礼を述べる。

「いや、なんということもないさ。とにかくよかった。鹿右衛門は、二度とあらわれまい。もしまた顔を見せたら俺にいえ。今度は痛い目に遭わせてやる」

「えっ、そこまでされますか」

「しなければ、あの手の男はわからぬ。骨の髄（ずい）からわからせてやらねばな」

いい切ったとき直之進は何者かの目を感じ、そちらを見やった。半町ほど先に、天蓋を被った虚無僧のような男が立っていた。

――なんだ、あの男は……。

その虚無僧を目にした途端、直之進の体を悪寒のようなものが包んだ。

――なんだ、この禍々しさは……。

鹿右衛門とは比べ物にならない。

「湯瀬師範代、どうかされましたか」

源六のほうに目を移す。

「いや、あそこにいる虚無僧が……」

「えっ、虚無僧でございますか」

直之進が目を戻したとき、虚無僧は霧のように消えていた。

「なんと、いなくなりおった」

「あちらに虚無僧がいたのでございますか」

「ああ、今の今まで、あそこにいたのだ」

――なんだったんだ、あの虚無僧は……。

首筋を撫で触られるような感覚があった。直之進はいやな予感を覚えた。

――まさか俺を狙っているのではあるまいか。

かもしれない。これからしばらくのあいだは、身辺の警固を厳とするほうがよいかもしれなかった。

四

八丁堀にある山岡春之丞の屋敷を目指して富士太郎たちは歩きはじめた。

本郷四丁目に差しかかったとき、いきなり背後から金切り声が響いた。

「あたしの財布……。ひったくりよっ」

驚いて富士太郎が後ろを見ると、どこぞの女房らしき女が尻餅をついていた。

ひったくりの姿はどこにも見えない。

津之助殺しの一件は一刻も早く解決しなければならないが、目の前で起きたひったくりを見過ごすことはできない。

富士太郎はすぐさま女に駆け寄った。

「ひったくった者はどこへ行った」

震える手を上げ、女が横の路地を指さす。

「男かい」

「は、はい。背の高い男です」

「わかった。おまえさん、名は」

「ひで、と申します」

「おひでとやら、財布は必ず取り返してやるから、安心して待っていな」

富士太郎は珠吉と伊助に声もかけず、数軒の家の戸口が向き合う路地に駆け込んだ。路地の長さは十間ほどあったが、あっという間に駆け抜けた。

広い通りに出て左右を見渡してみたが、ひったくりとおぼしき背の高い男は視界に入ってこなかった。

斜め向かいに別の路地が口を開けていることに気づいた。土を蹴り、富士太郎は路地へと飛び込んだ。

路地は半町ほどの長さがあり、両側は裏長屋がずらりと建ち並んでいる。二十間ほど先を、背の高い男がまっすぐ駆けていくのが見えた。路地を歩く人たちを、突き飛ばさんばかりの勢いだ。

——あいつだ。

なにするのよっ、と肩でも突き当たったらしく、よろけた若い女がその男を怒鳴りつけた。男は気にかける様子もなく、そのまま路地を走っていく。

あの男との距離を詰めなければ、捕らえることなどできない。富士太郎は足に力を込め、飛ぶように走った。

少しずつではあるが、男の背中が大きくなっていく。この調子だよ、と富士太郎は自らを鼓舞した。

今日は体が軽い。朝餉に納豆で飯を二杯食べてきた甲斐があったというものだろう。

男は、富士太郎の十五間ほど先を走っている。富士太郎に気づいた様子はないにもかかわらず、足を止めようとせず、ひたすら駆けている。

いったいどこまで行くつもりなんだい、と富士太郎は訝った。

男は西に向かって走っている。右手に伝通院が見えてきた。

そのとき後ろから息遣いが聞こえてきた。それがひどく荒々しいことに富士太郎は気づいた。珠吉のものだろう。

このまま全力で走り続けたら珠吉が死んでしまうのではないか、と富士太郎は案じたが、このあたりで一休みしていいよ、ともいえない。

そんなことを口にすれば、逆に珠吉は意地でもひったくりを自らの手で捕まえようとするだろう。

——今は、珠吉のしたいようにさせるしかないよ。

不意に、男が足を緩めた。自分の住処のある町にやってきたからか。

そのとき、なんらかの気配を感じたのか、男がちらりと後ろを振り返った。黒羽織を着ている富士太郎が目に入ったらしく、あっ、という顔になった。あわてでまた走り出す。

——くそっ。だが逃がしゃしないよ。

すでに距離は十間ほどになっている。あと少しで捕まえられる。全身に力を込め、富士太郎はこれまで以上に激しく足を動かした。

背後から届く珠吉の息は、さらにせわしいものになっている。

富士太郎としては、今は大丈夫だと信ずるしかなかった。珠吉は、この程度のことでくたばるような男ではない。

伊助の息遣いは富士太郎には聞こえなかったが、珠吉とは異なり、だいぶ余裕を持って足を運んでいるのではないだろうか。その姿が富士太郎には見えるようだった。

富士太郎が必死になって走っているにもかかわらず、男との距離はまったく縮まらなかった。男も捕まりたくはない、なんとしても逃げ切ろうとしているのだ。

——でも、決して逃がさないよ。ここまで追っかけてきたんだ、必ず捕まえてやる。

かたい決意を胸に、その後も富士太郎は男の背中を追い続けた。

いったいどのくらい駆けたものか。数えきれないほどの町を走り抜けた。いや、ぐるぐる回っていたのかもしれない。すでに一刻近く走っているのではあるまいか。頭上の太陽は傾きかけている。

息が苦しくてならない。胸が締めつけられ、喉が焼けている。横腹がずきずきし、心の臓も破裂しそうになっている。

辛い、足を止めたい。この場でへたり込み、横になれたらどんなに楽だろう。

──しかし、そんな真似はできないよ。おいらは江戸の治安を守らなきゃいけないんだ。そのためにも、なんとしてもあの男を捕まえなきゃならないんだ。

富士太郎の後ろについている珠吉は、鞴のような息をついている。富士太郎は珠吉の様子を見たかったが、首を後ろに向けることすら、あまりに大儀で、できそうもなかった。

──このままじゃ、本当に珠吉が死んじまうよ。おいらも、あの世行きかもね。

なんとしても男を捕まえなければ、と思うが、気ばかり焦ってよい案など浮かばない。

——おいらが石礫の名手だったら……。

戦国の昔、戦場では石を投げて敵を死傷させることが当たり前のように行われていたそうだ。こぶし大の礫を、一町も飛ばす者もいたらしい。

——おいらがその技を持っていたら、あの男の足を止められるのに……。

そのとき唸るような声が聞こえ、富士太郎の横に珠吉が出てきた。

「旦那、へばったんですかい。だったら、あっしが先に行かせてもらいますぜ」

いかにも苦しげに顔を歪めており、息も絶え絶えのように見えたが、珠吉が本当に富士太郎の前に出た。

ええっ、と富士太郎は驚いたが、すぐに、珠吉のような年寄りに負けていられるかい、と自らに気合を入れ直した。一気に珠吉を抜き返す。

だが、また力を振り絞ったらしい珠吉が富士太郎の前に出てきた。遅れを取ってなるものかい、と富士太郎は再び先行した。

だが、珠吉も負けていない。富士太郎を再び追い抜こうとしている。

富士太郎と珠吉は、互いにしばらく競り合いを続けた。そんなことをしているうちに、ひったくりの大きな背中が間近に迫ってきていることに富士太郎は気づいた。

——ここまで近づけば、捕まえられるんじゃないかい。

富士太郎は、ひったくりに向かって右手を伸ばした。肩をつかもうとしたが、足がふらつき、よろめいた。

転びそうになり、しまった、と思ったが、えぇい、構うもんかい、とそのまま体を前に投げ出した。

思い切り右手を突き出すと、ひったくりの帯に指がかろうじてかかった。決して離さないよ、と念じて富士太郎はしっかりと帯をつかみ、男に体当たりを浴びせていった。

衝撃を受けた男が、うわっ、と叫んで前のめりに倒れ込んだ。富士太郎はその背中に体ごと乗る形になった。男が、うぎゃ、と肺臓でも潰れたような声を出した。

ついに捕まえたよ、と富士太郎は喜びに体を震わせたが、声がまったく出ない。両手も突き上げられない。

からからに喉がかれて、とにかく痛い。横腹は破裂しそうな感じで痛み、頭もずきずきと脈打っていた。心の臓の鼓動もすさまじい速さで打っている。

両手を膝に置き、珠吉が疲れ切った風情で腰を曲げている。伊助も今にもへたり込みそうな顔をしている。

珠吉はしばらくのあいだじっと動かずにいたが、やおら顔をあげると、富士太郎に眼差しを向けてきた。

男の背中に乗ったまま、富士太郎は珠吉を見上げた。珠吉の顔色は決してよいとはいえないが、今にも倒れそうな感じでもない。このあたりは、さすがに強靭(きょうじん)としかいいようがなかった。

――この分なら大丈夫そうだね。

よかった、と富士太郎は密かに安堵の息をついた。

「旦那、やりやしたね。本当に大したものだ」

ぜえぜえ、とひどくあえぎながら珠吉が富士太郎を称(たた)えた。

「珠吉のおかげだよ」

少しだけ息が落ち着き、喉の痛みも若干引いた。富士太郎は感謝の言葉を口にすることができた。

「いえ、とんでもない。あっしはなにもしちゃいませんぜ」

「なに、とぼけたことをいってるんだい。珠吉がおいらを追い抜かすなんて芸当を見せるもんだから、こいつを捕まえることができたようなもんさ」

いえ、と珠吉が首を横に振った。

「あっしは、ただただこの野郎を捕まえたくて、必死に走っただけですよ。もうこれ以上、走れねえと足を止めかけたんですけど、ここであきらめたら元も子もねえ。だから自分を奮い立たせるために、旦那に、へばったんですかい、とついいっちまったんです」

「ああ、そうだったのかい。でも、あの一言はすごく効いたよ」

富士太郎はよろよろと立った。同時に男も立ち上がらせる。

男は若い。まだ二十代の半ばというところではないか。遊び人のような風体（ふうてい）をしていた。

「おまえ、名はなんというんだい」

疲れ切った顔で男が富士太郎を見る。

「秋吉（しゅうきち）……」

「奪った財布は」

秋吉が無言で懐に自分の手を入れようとする。それを制し、富士太郎は秋吉の懐に右手を突っ込んだ。

財布らしい物が指先に触れ、富士太郎はそれを取り出した。別に匕首などは呑んでいなかった。

「これか……」

この軽い女物の財布を取り戻すために、命を削ったも同然だが、町方同心としては当然のお役目、そのために禄をもらっているのだ。

よし、といって富士太郎は財布を袂に落とし込んだ。

「伊助、縄を打ちな」

命ずると、息をととのえ終えたらしい伊助が、はい、といって腰から捕縄を外し、秋吉の両手にがっちりと巻きつけた。

それを見て秋吉が力なくうなだれたが、すぐに面を上げ、富士太郎に凶悪そうな目を向けてきた。

「あんたら、どうしてあんなにしつこく俺を追いかけてきたんだ。たかが、財布一つひったくったただけだってえのに」

「ちっぽけと思える犯罪を見逃してしまうと、江戸の治安が段々と悪くなっていくんだ」

深く息を吸い込んでから、富士太郎は言葉を続けた。

「江戸の暮らしを守るおいらたちは、おまえのような者を、特に見逃すわけにはいかないんだよ。それに、おいらは必ず取り戻してやると、財布を取られた女と約束したんだ。町方として、それを反故にするわけにはいかないからね」

富士太郎はさらに何度も大きな呼吸をした。動悸もようやくおさまってきた。

「秋吉、おまえはなにを生業にしているんだ」

「いや、別になにも……」

「あれだけ走り続けられるだけの根性があるんだ。それを活かせば、なんでもできるはずだよ」

「走るのだけは、子供の時分から得手だったんだが……」

「だったら飛脚とか、やってみればいいんじゃないか」

「飛脚か。考えたことはあったが……」

秋吉が目を閉じ、悔しそうに唇を嚙んだ。

――まだずいぶん若いけど、この男にもいろいろとあったんだろうね。

「よし、番所に引っ立てるよ」

富士太郎たちは秋吉を連れ、南町奉行所に向かって歩きはじめた。

「しかし、旦那も珠吉さんもすごいですね」

口を極めて伊助が褒める。

「あっしはお二人のがんばりを見て、凄い人たちがいらっしゃるものだと、惚れ惚れいたしましたよ」

「伊助も遅れずに、ちゃんとついてきたじゃないか」

いえ、と恐縮したように伊助が手を振った。

「何度、もう駄目だと思ったことか。お二人が決してあきらめようとされないんで、なんとかついていっただけに過ぎません。特に、珠吉さんががんばっているのに、あっしが遅れるわけにはいきませんから」

「とにかく伊助も大したものだよ。たいていの者は先輩が走っているとわかっていても、あきらめちまう者がほとんどさ」

「えっ、さようですか。それなら、うれしいのですが……」

伊助、と珠吉が呼んだ。

「おめえは、きっといい中間になれるぜ。他の者と根性がまるでちがうからな」

「では、珠吉さんのようになれますか」

瞳を輝かせて伊助が珠吉を見る。

「俺なんか、あっというまに抜かれちまうよ。おまえには、それだけの素質がある。俺が太鼓判（たいこばん）を押すぜ」

「それがまことのことなら、このまま死んでしまってもいいくらいですよ」

「死んじゃあつまらねえ。とにかく、俺の言葉を信じることだ。そうすれば、きっとよい中間になれる。旦那の役にも立つことができるはずだ」

富士太郎たちは南町奉行所に戻り、財布をおひでに返すよう手配してから秋吉を牢に入れた。

「旦那、これから山岡さまのお屋敷に行きますかい」

いいや、と富士太郎は打ち消しの言葉を発した。

「あまりに疲れ過ぎたよ。じきに日暮れだろうし、今日はこれで終わりにしよう。珠吉、腹も減っただろう」

「それがあまり……」

腹に手を当てて珠吉が首をひねる。

「手前もですよ」

伊助もいう。

ふっ、と息をついて富士太郎は珠吉と伊助を見た。

「実は、おいらもさ。疲れすぎると、体を休めたいという思いのほうが強くなって、あまり食欲が湧かなくなるのかもしれないね」

とにかくこれ以上、珠吉を働かせたら、本当に死んでしまうかもしれない。そんな危惧が富士太郎にはある。

――無理はさせられないよ。

「珠吉、伊助」

富士太郎は二人に呼びかけた。

「明日は四つまでに、おいらの屋敷に来てくれるかい。あまりに疲れたんで、明日はちょっと寝坊しても構わないよ。四つ過ぎに山岡さまのお屋敷を訪ねれば、失礼にも当たらないだろうし……」

「わかりました」

「じゃあ、また明日」

二人に別れを告げた富士太郎は、大門内にある同心詰所に向かった。

五

疲れ切っていたから、腹ごしらえをしたのち行水をしたらすぐに眠れるだろう、と思っていたが、そんなことはなかった。

体がとことん疲労すると、なかなか寝つけないものなのだ。この歳になって珠吉はそのことを初めて知った。

「おまえさん、眠れないのかい」

隣の寝床からおつなが声をかけてきた。

「よくわかるな」

「当たり前でしょ。どれだけ長く一緒に暮らしてきたと思っているのさ」

楽しいことも悲しいこともあった。その中で最も悲しかったのは、やはりせがれの順吉の死だ。

おつな、と珠吉は呼んだ。

「俺のことなら、なんでもわかるのか」

「そりゃわかりますよ。今夜だって、おまえさんは滅多に寝返りなんか打たないのに、さっきからため息ばかりついて、何度も寝返り打っているもの。眠れないんだなって」

「ああ、そうだったか……」

寝返りは確かに何度も打ったが、ため息をついた覚えはなかった。だが、自然に口をついて出ていたのかもしれない。

「ねえ、おまえさん、へとへとなんでしょ」

改めておつながきいてきた。

「ああ、くたびれすぎて眠れねえ」

「今日、なにかあったの」

「ああ、あった」

「なにがあったの」

枕の上の頭を動かし、珠吉はおつなに目をやった。闇の中、うっすらとこちらを向いている顔が見えた。珠吉に心配そうな眼差しを注いでいる。

「話さなきゃ駄目か」

「話したくないなら、それでもいいけど、話しているうちに眠くなるかもしれないよ」

「そうかもしれねえな。おめえは相変わらず賢いな」

「大袈裟だねえ」

おつなが楽しそうに笑った。珠吉はひったくりを追いかけて一刻以上も走り続けたことを、おつなに伝えた。

「えっ、そんなに走ったの」

おつなが上体を起こし、珠吉を見つめる。

「だから帰ってきたとき、くたびれきっていたのね」

「ああ、あんなに走ったのは久しぶりだ。前に一度、同じくらい走ったことがあったな。それ以来だ」

「そんなに走って、よく生きていたわね」

「俺もそう思う。心の臓が早鐘を打って、走りながら俺は次の瞬間、死ぬんじゃねえかって、怖くてならなかった」

「追うのをやめようという気には、ならなかったの」

「それだけは考えなかったな。伊助もがんばっているのに、俺が先に走るのをやめるなんて、できるわけがねえよ」

「意地で走ったというわけね」

「ああ、まさに意地だけだったな」

淡々と話したことがよかったのか、おつなのいう通り、眠気がやってきた。

「おつな、もう寝るぜ」

「眠くなってきたんだね。ああ、よかった」

おつなが喜びの声を上げる。こんなことがうれしいのかい、と珠吉は思った。

――相変わらず娘のような女だぜ。

我慢しきれず珠吉は目を閉じた。あっという間に眠りに落ちた。


夢を見た。あの虚無僧が出てきた。

相変わらず妖気を放っていた。それに絡め取られるような気がし、珠吉は虚無僧から離れた。

しかし、虚無僧はどこまでも珠吉を追いかけてきた。珠吉がどこに行こうとも、虚無僧が必ずそばにあらわれた。そして、天蓋の中から冷たい目で珠吉をじっと見るのだ。

二つの瞳から、ちろちろと蛇のような赤い舌が出てきたのを見た瞬間、珠吉は腰を抜かした。へたり込みそうになる体を必死に励まし、走り出した。

走り続けているうち、なぜ虚無僧から逃げているのか、わけがわからなくなったが、とにかく怖くて怖くて、ひたすら逃げた。あまりに恐ろしくて、何度も叫んだ。だが、誰も助けてくれなかった。

虚無僧から逃げ続けて、珠吉は行ったこともない山に逃げ込んだ。どこからか、どーん、どーん、と大太鼓でも打っているような音が聞こえてきた。

あれがいったいなんの音かわからなかったが、珠吉はなんとなくそちらへ向かった。音がしているほうに行けば、人がいるのではないかと思ったからだ。

考えてみれば、これまでずっと逃げ続けていて、一人も人に会わなかった。俺は今いったいどこにいるんだい、と思ったが、答えは出なかった。

大木が鬱蒼（うっそう）と生い茂る山中を駆け続けた。道などろくになかったが、飛ぶように走ることができた。不思議なことに、息はまったく切れなかった。

どーん、どーん、という音が近くなってくる。もうすぐだ、と思ったとき、いきなり山が切れた。

目の前に、海が広がっていた。暗い色をした海で、嵐が来たかのように波が荒い。

ここはどこだ、と珠吉は思った。こんな海の色は見たことがない。

江戸湊の海ではないのは確かだ。どーん、どーん、という音は大波が岩壁に打ちつける音だったのだ。

不意に後ろで、がさっ、と音がした。振り返ると、虚無僧が立っていた。

「珠吉、こんなところにいたのか」

優しげな声で虚無僧がいった。だが、今も変わらず妖気を漂わせている。気持ちが悪く、吐きそうになった。

「よし、珠吉、一緒に帰るぞ」

虚無僧にいわれた。いったいどこに帰るというのか。

珠吉は歯を食いしばった。虚無僧が手を伸ばしてきた。

捕まりたくない。珠吉は虚無僧の手を振り払った。その途端、足元の土が崩れた。

声を上げる間もなく、珠吉は荒れ狂う波間に真っ逆さまに落ちていった。どぼん、と音がして、周りが真っ白になった。

必死に両手をかいたが、あまりに波が荒く、珠吉は海の底のほうに引き込まれていった。ただし、少しも息は苦しくなかった。むしろ、気持ちよさすら覚えた。

はっ、として珠吉は目を覚ました。部屋の中は真っ暗だ。枕から頭が落ちていた。

横でおつなが穏やかな寝息を立てている。

──夢だったか。なんとも恐ろしい夢だったな。

また眠れるかわからなかったが、珠吉は目を閉じた。また同じ夢を見るのは怖かったが、どうせ夢だ、と思った。

──別に俺に悪さをするわけじゃねえ。

どこからか、どーん、という音が聞こえた。あれはなんだ、と珠吉は耳を澄ました。

外は風が強くなっているようだ。近くの水路に舫われた小舟の腹に、波が当たっているのではあるまいか。

きっとそうだ、と珠吉は思った。またおつなの寝息が耳を打った。安らかな寝息を聞いているのは心地よかった。なぜか安心できる。

──まったくありがてえ女だぜ。俺にはもったいねえ。

そんなことを考えながら、珠吉は再び眠りに落ちていった。

第三章

一

大門を抜け、珠吉はいつものように南町奉行所の塀際に立った。四つにはまだ四半刻ほどあるはずだ。

だいぶ高くなってきた太陽の光がまぶしい。夏の陽射しだな、と珠吉は思った。

大門を抜け、伊助もやってきた。伊助も珠吉の長屋とは場所が少しちがうが、南町奉行所内の中間長屋に住んでいる。

朝の挨拶をかわしたのち、珠吉は伊助をいざなった。

「よし、行くか」

「はい、まいりましょう」

目指すは八丁堀の樺山屋敷である。

「伊助、昨日の疲れは取れているかい」

ええ、と伊助がうなずいた。

「取れていると思います。一晩ぐっすり寝たら、嘘のように体は軽くなりました。樺山の旦那のおかげで、ちょっと寝坊できたのも、ありがたかったですよ」

「やはり睡眠は大事なんだな」

「ええ、そのことを思い知りましたよ。珠吉さんはいかがですか。疲れは取れましたか」

「俺はもう歳だからな、いくら眠ったところで、まだ疲れが残っている感じだ。体は重いし、太ももやふくらはぎも痛い。背中も筋張っているようでな」

「ああ、さようですか。大丈夫ですか」

伊助に案じ顔を向けられて、珠吉はにこりとした。

「なに、大丈夫さ。昨日あれだけ走りゃあ、体が重くなったり、疲れが残るのは当然よ。おめえも旦那と一緒に探索をはじめれば、これから先、何度も同じことを味わうだろうよ」

「ああ、そうでしょうね。樺山の旦那はまじめですからね。しかし昨日は本当によく走りましよね。一刻以上ものあいだ、ずっと駆けっぱなしでしたもの」

本当だぜ、と珠吉は思った。よくあれだけ走ることができたものだ。今こうして生きているのが不思議なくらいだ。

「あの秋吉とかいう男も、あれだけ走り続けられるんだ、大した根性の持ち主だ」

「本当ですよ。樺山の旦那もおっしゃっていましたけど、解き放ちになったら飛脚を目指したらいいんじゃないかと心から思いますよ」

「ああ、合っているかもしれねえな」

そんなことを話しているうちに、八丁堀に着いた。樺山屋敷にはこれまで数え切れないほど来ており、目をつぶったままでもたどり着けそうな気さえする。

開いている木戸門をくぐり、珠吉たちは庭に入っていった。

「おはようございます」

珠吉は濡縁のついている座敷に向かって、声を発した。

すぐに富士太郎の声で応えがあった。

富士太郎は八丁堀の屋敷で、珠吉たちが来るのを待っていた。

やがて、おはようございます、と庭のほうから珠吉の声がした。明け六つに開けられる木戸門を入り、富士太郎がいる居間のほうに回ってきたのだ。これは珠吉がこの屋敷にやってくるときの、いつもの手順である。

よっこらしょと立ち上がろうとしたが、富士太郎は、いてて、と顔をしかめた。足や腰、背中がやたら痛い。

腰高障子を開けて、濡縁に出た。目の前の狭い庭には、珠吉だけでなく伊助もいた。痛みを押し隠して富士太郎は笑顔をつくった。

「二人ともよく来たね。お茶でも飲んでいくかい」

「いえ、あっしはけっこうです」

「手前も、長屋で飲んでまいりましたんで」

そうかい、と富士太郎はいった。

「ならば、さっそく山岡さまのお屋敷に向かうとするか」

樺山屋敷をあとにした富士太郎たちは組屋敷内の道を歩いた。

富士太郎は二人に、体中が痛くないかきいた。若い伊助はなんということもないようだが、やはり珠吉はかなりこたえている様子だ。

「大丈夫かい、珠吉」

「ええ、この程度の痛み、なんてことありませんよ。生きている証ですからね」

「珠吉はいいことをいうね。死んじまったら、確かに痛みは感じないものね。しかし、昨日は本当に死ぬかと思ったよ」

「正直いえば、よく死なずに済んだと思いますよ」

「珠吉、長生きしておくれよ。ほんと、もういい歳なんだからね」

「ええ、よくわかっています。今は何事も体と相談するようにしていますから」

「うん、それがいいよ」

ほどなくして、富士太郎たちは山岡屋敷に到着した。春之丞は隠居所にいるとのことで、富士太郎は家人に案内された。

珠吉と伊助は、玄関先で富士太郎の戻りを待つことになった。

富士太郎が思っていた通り、春之丞は四つになるという孫の相手をしていた。

「竹丸、お客人がいらしたゆえ、ちと母屋に戻っていなさい」

はい、と甲高い声で答え、竹丸と呼ばれた男の子が家人とともに出ていく。戸が閉まる音が富士太郎の耳に届いた。

敷居際に立つ富士太郎の顔をまじまじと見て、春之丞が破顔する。

「富士太郎、よく来てくれた。ずいぶんと久しぶりだな」

「ご無沙汰してしまい、まことに申し訳ありません」

春之丞に向かって富士太郎は深々と頭を下げた。

「なに、おまえも役目で忙しかろう。同じ八丁堀内で暮らしているといっても、わしも隠居した先達には、なかなか会いにいけなかったものだ。次に会うのが、その人の葬儀ということはざらにあった」

「ああ、さようでございましたか……」

「少なくとも富士太郎は今日、会いに来てくれた。今はそれでよしとせねばならぬ。富士太郎、座ってくれ」

はっ、と低頭し、富士太郎は春之丞と相対して座した。春之丞を控えめに見る。

少し老けたようだが、相貌にあまり変わりはない。ただし、縮こまっているというのか、体が小さくなったような印象を受けた。

「前触れもなくいきなりお邪魔し、まことに申し訳ありません」

「なに、もう四つを回っているからな。別に前触れなどいらぬさ」

「山岡さま、お変わりないご様子で、それがし、安心いたしました」

いや、といって春之丞がかぶりを振った。

「そんなこともないな。やはり寄る年波には勝てぬわ。最近は、そのことをことのほか強く感じる」

富士太郎をじっと見、春之丞が膝を進ませてくる。

「それで富士太郎、なにがあった。急にわしを訪ねてきたのには、なにかわけがあるのであろう」

両の瞳に、現役時代を思わせるような光が宿った。気圧(けお)されるようなものを覚えつつ富士太郎は、おっしゃる通りでございます、といって居住(いず)まいを正した。

「実は――」

富士太郎は、一昨夜、津之助が殺されたことを春之丞に伝えた。

ほう、と春之丞が声を発した。

「そうか、あの男が死んだか……」

春之丞は、悲しみの色をまったく見せなかった。むしろ、さばさばしているようにすら見えた。

「むしろ、これまでよく生き長らえてきたともいえるがな」

「それは、津之助にうらみを持つ者が多いからですか」

そうだ、と春之丞がためらいなく首肯(しゅこう)する。

「津之助が隠居する前から、わしは危ういのではないかと案じていた。あの男は阿漕なことをやりすぎたゆえ」

　あの、と富士太郎はいった。

「なにゆえそれだけの悪事をはたらいていたのに、津之助は捕まらなかったのですか」

　富士太郎にきかれて春之丞が苦い顔をする。

「津之助が多くの罪人を挙げ続けたということが、最も大きい理由よな。あの男は、ほんの数日で罪人を捕縛してきた。津之助を失うと、大勢の悪党どもを野放しにすることになってしまう。わしを含め、番所の者たちはそれを恐れた」

「津之助という男は、それほどの腕利きだったのですか」

「ああ、大したものだった」

　どこか心を奪われたような顔で春之丞がいった。

「肝が据わり、まさに怖いもの知らずだった。悪党どもにとっては天敵といってよかったかもしれぬ。津之助の姿を目にしただけで逃げるのをあきらめた者もおったからな。逃げようとすると、いつまでもしつこく追い回されて、終いには痛い目に遭っておったからだ」

「津之助は、そこまで恐れられていたのですか」

「富士太郎はそのことを知らなんだか」

実を申せば、と富士太郎は首を縦に振った。

「それがしが定町廻り同心になって一年ばかりたった頃、津之助は隠居してしまいましたので……」

「それでは、津之助のことをろくに知る機会がなかったか。富士太郎は、確か津之助を捕まえようとしていたな」

春之丞にきかれ、富士太郎は丹田に力を込めた。

「さようにございます。悪行ぶりが目に余り、それがしは津之助を牢に送り込もうとしておりました」

「それを察し、あの男はさっさと隠居を決め込んだのだ。だが富士太郎、津之助にもよいところがあったのだぞ」

えっ、と富士太郎は驚いた。思ってもいなかった言葉である。

「あの、よいところというと、どのようなことでございましょう」

「富士太郎は、津之助が孤児だったことは知っているか」

「昨日、おすなという津之助の妾から聞きました」

そうか、と春之丞が相槌を打った。

「津之助は、何人もの孤児を引き取って世話をしておったのだ」

ええっ、と富士太郎は仰天した。

「ま、まことですか」

つっかえながら富士太郎は春之丞に質した。

「まことのことだ」

平静な顔で春之丞が答えた。

「あくどいことをして得た金のほとんどは、孤児たちが暮らす家に注ぎ込んでいたのだからな」

――ああ、そういうことだったのか。

春之丞の話を聞いて、富士太郎は合点がいくものがあった。

「津之助が捕まらなかった本当の理由は、もしやそれにございますか」

「まあ、そういうことになろうか……。家には十人以上の孤児がおってな、あの者たちを食わせていくのは相当大変だったであろう。津之助は、ある程度の金をむしり取っても、びくともせぬ金持ちだけを選んでおった」

「それは知りませんでした……」

知らなかったことが恥ずべきことのように思え、富士太郎はうつむいた。

「津之助から口止めされておってな、限られた者しかその事実は知らなかった。ゲジと呼ばれた津之助には、そんな裏の顔があったのだ」

富士太郎はゆっくりと顔を上げた。

「今その孤児たちはどうしておりますか」

「津之助の隠居とともに家は閉じられた。金が入らなくなったのだから当然だな」

「ああ、さようにございますね」

「その頃には孤児たちはすでに家を出て、職人などになったり、店で奉公したりしていた。最後まで家に居残っていた者も、奉公先は決まっていた。今は、誰もがつつがなく暮らしているのではないかな」

その者たちにとって津之助は、紛れもない恩人ではないか。

「それがしが津之助を捕まえようなどと思わなかったら、その家はまだ続いていたのでしょうか」

「いや、まず無理であったろうな」

即座に春之丞がかぶりを振った。

「津之助自身、歳を取ったせいか、それまでの酷烈さが消え、あまり金を稼げなくなっていたからな。潮時だったはずだ」

「さようにございますか……」

富士太郎、と春之丞が呼びかけてきた。

「津之助を殺した者を捕らえるため、わしに会いに来たのであろう。正直いえば、わしには心当たりがありすぎるくらいなのだが……」

はい、といって富士太郎は姿勢を改めた。

「津之助に捕らえられた盗人で、強いうらみを抱いている者に心当たりはございませぬか」

「盗賊か……」

顎に手を当て、春之丞が沈思する。

「当たり前のことだが、盗人に絞ってみてもかなりおるな」

「その中で今も生きている者というと、どのくらいおりましょう」

「そうさな、ほとんどの者が死罪や遠島になっておる。今も生きているとなると、ほんの一握りであろう」

「その一握りの者は、今も江戸で暮らしているのでございますか」

「さて、どうだろうか」

首をひねり、春之丞が考え込む。

「その者たちの消息は、ほとんど聞いたことがないな」

「今ほとんどとおっしゃいましたが、一人くらいは消息をお聞きになったことがあるのでございましょうか」

「まあ、その通りだ。ただ一人だけだが……」

「なんという男でございますか」

勢い込んで富士太郎はたずねた。この一人が、津之助殺しを解決に導くとっかかりになるかもしれないのだ。

「弥真造という。弥真造には晩鳥という異名があった」

「晩鳥……」

「知らぬか。むささびのことだ。弥真造は身軽で、屋根から木、木から屋根へと、ひらりひらりと飛び移ることができた。それでそんな異名がついた」

「会えましょうか」

「まだ生きていればな……。晩鳥の弥真造は津之助の下っ引になることで、生き延びたのだが、すでにかなりの高齢だ。もう七十は過ぎているであろう」

「そんな歳でございますか」

　さすがにその歳で津之助を滅多刺しにすることは無理なのではないか。

「晩鳥の弥真造は津之助にうらみを抱いているのでございますか」

「どうだろうな。津之助に捕まったときは、こっぴどくやられたそうだ。そのために、一月ほど床を離れられなかったらしい」

「えっ、そんなに手ひどくやられたのですか」

「生死の境をさまよったそうだ。それゆえ、そのことをうらみに思っていたかもしれぬが、津之助の手下になることで死罪を免れ、生き延びることができた。津之助から大きな恩を受けたのも確かだ」

「なにゆえ津之助は、弥真造を手下にしたのでございますか」

「弥真造は裏渡世に精通しておったからな。悪党どもの動向を察知できれば、下手人を捕まえやすくなる」

「では、弥真造は仲間を売ることで津之助に取り入ったということでございますか」

　うむ、と春之丞がうなずいた。

「そういう見方もできるな」

そんなことをしたにもかかわらず、今も弥真造は生きているのだ。そのことが、富士太郎には不思議でならなかった。

「山岡さま、晩鳥の弥真造の住処を教えていただけませんか」

わかった、と春之丞が快諾する。

「だが富士太郎。弥真造に会っても、なにも話さぬかもしれぬぞ」

「それは覚悟の上でございます」

「わしが最後に弥真造の消息を聞いたのは、一年ほど前だ。そのときには、下谷坂本町二丁目で若い女と暮らしていたそうだ」

下谷坂本町といえば、寛永寺の東側にある町ではなかったか。そのあたりのことは、江戸の地理に詳しい伊助にきけば、はっきりするだろう。

「ほかに、津之助にうらみを抱いている者はおりませんか」

「先ほどもいったが、わしの中では、いすぎるくらいだ……」

「山岡さま、絞れませんか」

そうさな、とつぶやいて春之丞が腕組みをする。

「最も津之助をうらんでいたのは、香島屋かもしれぬ」

「香島屋……」

聞いたことのない店だ。

「商家ですか」

「いや、料理屋だ」

即座に否定して春之丞が続ける。

「香島屋の包丁人だった青蔵という者が、ある男に重傷を負わせた罪で遠島になってな。むろん濡衣で、無実にするための金を香島屋は津之助に払ったらしいが、解き放ちにならなかった」

えっ、と富士太郎は声を上げた。

「なにゆえそのような仕儀に……」

春之丞が苦渋に満ちた顔になった。

「上から力がかかったようだ。身代を手にした津之助はいつものように解き放ちになるよう手を回したらしいが、うまくいかなかった」

「それではあまりに青蔵という者が哀れではありませんか」

「まったくだ」

かたい表情で春之丞が同意する。

「あまり大きな声ではいえぬが、大須賀さまの一存でそうなったという話だ」

大須賀互作は吟味方の与力だった。二年ばかり前に鬼籍に入っているが、あまり評判のよい与力ではなかった。

金に汚いという噂を、富士太郎は耳にしたことがあった。

「大須賀さまが、頑として青蔵の解き放ちを認めなかったとのことだ」

「なにゆえ大須賀さまはそのようなことを」

「青蔵がまことの下手人であると、揺るがぬ思いを抱いておられたのかもしれぬが、はっきりとしたことはわからぬのだ。こんな返答しかできず、富士太郎、まことに申し訳ない」

「いえ、決して謝られるようなことではございません」

すぐさま富士太郎は首を横に振った。

「それにしても、なにゆえ津之助は青蔵に濡衣を着せたのでしょう。金が目当てなら、包丁人などではなく、店の主人を陥れるのではないかと存じますが」

「津之助は、どうやら青蔵に含むところがあったらしい。わしが漏れ聞いたところによれば、十三歳の腹を空かせた子供が香島屋の厨房に入り込んで芋を盗み出したのだが、それを青蔵が捕まえ、番所に突き出した。子供の親に頼まれて、あいだに入った津之助は、訴えを取り下げるよう頼んだらしいが、青蔵は肯んじなかった」

「突っぱねたのでございますか」

そうだ、といって春之丞が少し息を入れた。

「その子供は香島屋から逃げる際、青蔵の大事な右手に怪我を負わせているのだ。それもあって、青蔵は訴えを取り下げなかったらしい」

「その子供はどうなりました」

「重敲きとなった。青蔵に怪我を負わせているゆえ成人ならまちがいなく遠島だっただろうが、まだ十三歳だったために罪を減じられたのだ。だが、そのことで津之助は青蔵に意趣を抱くようになったのだな」

そういうことだったか、と富士太郎は納得した。

「裏で子供たちに慈善を施す一方で、これと目をつけた者に対しては徹底してつきまとったり痛めつけたりするようなところが、津之助にはあった」

「遠島になった青蔵はどうなりました」

気にかかって富士太郎はきいた。

「八丈島で死んだという話だ。青蔵の縁者や香島屋の者は、今も津之助にうらみを抱いているはずだ。津之助が濡衣を着せた者で、身代をもらっておきながら解き放ちにならなかったのは、唯一、青蔵だけだからな……」

「えっ、そうなのですか……」

富士太郎は間を置くことなく問うた。

「その青蔵の一件が起きたのは、いつのことですか」

下を向き、春之丞が考え込む。

「もう六年はたつか……」

かなり前のことだな、と富士太郎は思った。ふむ、とうなって春之丞が眉根を寄せる。

「青蔵の家族や香島屋の者が津之助に深いうらみを抱いているにしても、この六年のあいだなにもせず、いきなりことを起こしたというのは、妙ではあるな」

「香島屋のほうで、なにかきっかけとなるものがあり、ついに津之助を殺すに至ったのかもしれません。それがしは、香島屋に行ってみようと思います」

「そうか、行くか」

春之丞が富士太郎に、香島屋までの道順を述べた。富士太郎はそれを頭に叩き込んだ。

「あの、最後に一つよろしいですか」

「うむ、なんでもきいてくれ」

「津之助に助けられた孤児でうらみを抱いているような者はおりませんか」

富士太郎にきかれ、春之丞は意表を突かれたような顔になった。

「さすがにおらぬのではないだろうか。津之助のおかげで不自由なく暮らすことができ、奉公先も見つかった。津之助にうらみを抱く理由がなかろう」

「確かに……」

「それでも、富士太郎は話を聞いてみたいのだな。いかにも、おぬしらしいな」

春之丞に褒められ、富士太郎は恐縮した。

「畏れ入ります」

「だが残念ながら、わしは孤児たちが今どうしておるのか、消息をまるで知らぬのだ。もともと津之助が孤児について、話すことがまったくなかったしな……」

「ああ、そうだったのですね……」

富士太郎がいうと春之丞が、ふむう、とうなるような声を出した。

「いや、そうでもないな。いま一人思い出した。その者はうちの親戚に品物を納めている魚屋の者だ。だが、それももう数年前の話だ。今は別の店に移っているかもしれぬ」

「なんという男でございますか」

「確か多実助（たみすけ）といったと思うが。魚屋の名は寅野屋（とらのや）だったはずだ」

「わかりました」

「だが富士太郎、多実助については、わしが親戚の者に聞いてみよう。それでよいか」

「ありがたく存じます」

「富士太郎、下手人を捕らえ、津之助の無念を晴らしてやってくれ」

　春之丞がまっすぐに目を向けてきた。

「よくわかっております。必ず捕らえます」

　富士太郎は春之丞に礼を述べ、丁重（ていちょう）に別れを告げた。

辞儀してから富士太郎は立ち上がり、隠居所を出た。玄関先で珠吉たちと合流する。三人で木戸門を抜けて道に出た。

「どうでしたかい。よい話は聞けましたかい」

　珠吉にきかれ、富士太郎は、うん、といった。

「まずまずというところかな。どこかで昼餉をとりながら、その話をしよう」

屋敷に戻って昼餉をとろうか、とも思ったが、急に三人で来られても智代も大変だろうと考え直し、富士太郎は組屋敷の外に出て一膳飯屋を探した。

八丁堀の近くには河岸がかなりあり、魚を食べさせる店も少なくない。

そのうちの一軒に入った富士太郎たちは空いていた小上がりに座り、鰺の干物、飯、味噌汁、漬物を頼んだ。

すぐ近くに座した富士太郎を目の当たりにしても、ほかの客たちはざわめいたり、おののいたりはしなかった。このあたりでは町方役人を見かけるのは珍しくない。見慣れているのだろう。

注文の品が来るまでのあいだ、富士太郎は春之丞から聞いた話を珠吉と伊助に、小声で伝えた。

「ほう、あの津之助がそんな慈愛の心を持っていたとは……」

さすがの珠吉も驚きを隠せずにいる。

「どうにも信じられないけど、どうやら本当のことらしいよ」

そこに、お待たせしました、と注文の品がやってきた。富士太郎は津之助の話は打ち切り、食べることに集中した。

腹ごしらえが済むと、富士太郎は全身に力がみなぎるのを感じた。珠吉と伊助もすでに食べ終え、茶を喫している。

「よし、そろそろ行こうかね」

富士太郎は立ち上がり、土間の雪駄を履いた。手早く三人分の勘定を済ませ、暖簾を払って外に出る。伊助が最後に店をあとにした。

道の端に立った富士太郎は、珠吉と伊助に眼差しを注いだ。

――行かねばならぬ場所は二つあるね。一つは下谷坂本町一丁目だ。もう一つは神田同朋町か。近場から当たるべきだね。

「よし、今から神田同朋町に行くよ。その町には香島屋という料理屋があるんだ。山岡さまによると、津之助と関わりがあるとのことだ。伊助、案内を頼むよ」

わかりました、と張りのある声で答えて伊助が先頭に立つ。いつものように珠吉が富士太郎の後ろについた。

二

頭上から降り注ぐ陽射しを浴びながら富士太郎が威風堂々歩いている。

――こうして見ると、やはり旦那は恰好いいな。

そんな富士太郎が珠吉は誇らしかった。富士太郎の姿を惚れ惚れと見つつ、珠吉も足早に歩いた。やはり昨日あれだけ走ったせいで、足が痛む。だが、弱音は吐けない。

富士太郎の前を行く伊助の足取りは軽い。さすがに若いだけのことはあるな、と珠吉は舌を巻かざるを得ない。昨日あれだけ走った疲れは、本当にすっかり取れているのだろう。

四半刻もかからずに、珠吉たちは神田同朋町へ入った。目当ての料理屋の香島屋は大きな通り沿いにあり、すぐに見つかった。

小僧らしい男が鼻歌を歌いながら店前を箒で掃いていた。

一足早く前に出た珠吉は、ちょっと済まねえが、と小僧に声をかけた。はい、と小僧が手を止め、珠吉を見る。珠吉の顔が恐ろしかったのか、少し怯んだような表情になった。

「あるじはいるかい」

笑みを浮かべ、珠吉は優しい声音できいた。

「えっ、旦那さまでございますか」

小僧の頬がぴくりと引きつった。

「実は一昨日の晩に人殺しがあってな。こちらの旦那がこの店のあるじに話を聞きたいと、おっしゃっているんだ」

「えっ、人殺し……」

喉を上下させて、小僧が富士太郎におずおずと目を当てる。

「この店の者と関わりがあった者が殺されたんだよ」

珠吉は言葉を重ねた。

「ああ、そうなのですね……」

口をぱくぱくさせて小僧がいった。

「わかりましてございます。あの、しばしお待ち願えますか。旦那さまに伝えてまいりますので」

「頼んだぜ」

「はい。では失礼いたします」

一礼して戸を開け、箒を持ったまま小僧が急いで中に入っていった。戸は開いたままだ。

息を切らして小僧が馳せ戻ってきた。

「あの、どうぞ中へお入りください」

神妙な顔で小僧が珠吉に告げた。振り返り、珠吉は富士太郎を手招いた。

小僧に続いて富士太郎が中に入り、そのあとに珠吉と伊助が続いた。

出汁の香りがほんのりと漂う三和土で履物を脱いだ珠吉たちは、廊下を進んですぐの座敷に通された。掃除が行き届き、すっきりとした十畳間である。

小僧が出した座布団に富士太郎が、ありがとうね、といって座り、その背後に珠吉は伊助とともに控えた。

小僧が座敷から消え、入れ替わるように二人の男がやってきた。失礼いたします、と辞儀して富士太郎の前にかしこまって座る。

「手前がこの店のあるじ良右衛門、この者は番頭の輝作でございます」

会釈して富士太郎が名乗り返す。珠吉は、富士太郎の肩越しに二人の顔をじっと見た。もし一昨日の晩、津之助を手にかけているなら、いきなり町方役人に乗り込まれて、二人とも動揺を見せるのではあるまいか。

だが二人は至極、落ち着いたもので、平静さを保っている。人を殺めたばかりの雰囲気など、微塵もまとっていない。

これはちがうな、と珠吉は直感した。おそらく、富士太郎も同じ思いではないだろうか。

「樺山さま、うちの店と関わりがあった者が殺されたとのことでございますが」

口火を切るように良右衛門がいった。

「殺されたのは津之助だよ」

一瞬、誰のことをいわれたか、わからないという顔を良右衛門がした。

「もしや、あの津之助でございますか」

気づいたように口にしたのは輝作である。

「ああ、元岡っ引の津之助だよ」

「あの津之助が殺されたのでございますか」

良右衛門が息をのみ、信じられないという顔になる。

「存じませんでした。殺しても死なないような男だったのに……。あの樺山さま、いったい誰が津之助を手にかけたのでございますか」

膝を進ませて良右衛門がきいてきた。

「そいつは、まだわからないんだ。おいらたちはそれを調べているんだよ」

その言葉を聞いて、良右衛門と輝作が顔を見合わせた。即座に顔色を変えて良右衛門が富士太郎を見る。

「もしや樺山さまは、手前どもが津之助を手にかけたと疑っていらっしゃるのでございますか」

「疑ってはいないよ」

　富士太郎があっさりと否定してみせる。

「おいらは、津之助と関わりがあった者に、順に話を聞いて回っているだけだからね」

　探索の際の常套句を富士太郎が口にした。

「さ、さようでございますか」

　富士太郎がわずかに身を乗り出した。

「津之助に陥れられて、この店の青蔵という包丁人が遠島になったね。そのことで、おまえさんたちは、津之助にうらみを抱いているんじゃないかい」

「はい、うらんでおります」

　はっきりとした声音で良右衛門が答えた。

「旦那さま……」

　瞠目した輝作が良右衛門をあわてたように見る。輝作のほうに顔を向けずに良右衛門が、しかし、と声を張り上げた。

「手前どもは津之助を殺してなどおりません」

良右衛門は、当たり前だとの思いを表情にみなぎらせている。

「本当にやっていないんだね」

確認の言葉を富士太郎が発した。

「はい、殺しておりません」

背筋をぴしりと伸ばして良右衛門がいった。

「大事な包丁人が、濡衣を着せられて遠島になりました。その企みの張本人である津之助に復讐したいという気持ちもございます。ですが、今さら復讐したところで、なんになりましょう」

いったん言葉を切り、良右衛門が息をととのえた。

「濡衣とはいえ、包丁人が遠島に処せられたという事実は、店に重くのしかかりました。店の評判は地に落ち、客足も遠のきました」

「うむ、そうだろうね」

無実の罪で遠島になったとは誰も思わない。店から罪人を出したことだけが世間に知れ渡ったのだ。

「青蔵のあの一件から、すでに六年ばかりたちました。仕送りはずっとしておりましたが、残念ながら青蔵も八丈島で亡くなってしまいました」

良右衛門が膝の上の手を、無念そうに握り締めた。

「その間、手前どもは必死に働き、店もようやく持ち直してまいりました。せっかく盛り返してきたというのに、ここで津之助を殺してしまったら、いったい店はどうなりましょう。手前どもは、店が傾いてしまうようなことは、決していたしません」

──やはり、この者たちは津之助を殺しちゃいないね。

ところで、と話題を変えるように富士太郎がいった。

「なにゆえ青蔵が解き放ちにならなかったのか、おまえたちはわけを知っているかい」

新たな問いを富士太郎が投げかけた。

「津之助には身代を払ったんだろう」

気持ちを落ち着かせるためか、良右衛門が深い呼吸をした。

「青蔵は、根太郎という男の腹を刃物で刺した罪で、津之助に捕まりました」

「青蔵はその根太郎という男を刺してはいないんだね。でも、でっち上げだとしても、なにか証拠があったのだろう。でなければ、いくら津之助といえども、捕まえるのは無理だからね」

「血のついた包丁が、根太郎が刺された場所に転がっておりました。それは、紛れもなく青蔵がこの店で使っていた物でございました」

そんな大事な物が落ちていたのかい、と珠吉は少し驚いた。

「自分の包丁がその場にあったことについて、青蔵はなんといっていたんだい」

「御番所のお役人には、数日前に盗まれたと主張したようにございます。そして、それは紛れもなく本当のことでございます。包丁掛からなくなっているのを、手前も確かめております」

「店から盗まれたとしたら、誰の仕業だい」

うっ、と詰まった顔になり、良右衛門がうなだれる。

「そ、それは、わかりません……」

「その頃、店の戸締まりはどうなっていたんだい」

「今もそうでございますが、かなり厳重にしておりました」

「盗人が入り込むような隙はなかったのかい」

「なかったものと存じますが……」

腕のよい盗人なら、いくら戸締まりを厳にしようとも、どこかに手抜かりを見つけ、そこから忍び込んでくるものだ。

──しかし、たかが包丁一本を盗むために、腕利きの盗人が入り込むものなのか……。

珠吉は心中で首をひねった。

「包丁以外になくなった物はあったのかい」

富士太郎が良右衛門にさらにたずねる。

「ありませんでした。帳場の小箪笥に少しまとまった金を置いておりましたが、それも手つかずでございました」

だとすると、と珠吉は思った。盗人は包丁目当てに店に忍び込んだということになるのではないか。

──つまり、端(はな)から青蔵に罪を着せようとしていたことになるな……。

「青蔵と根太郎には、どんな関わりがあったんだい」

両肩を張って富士太郎が別の問いを放った。

「根太郎は以前、追廻(おいまわし)(見習い)としてうちに奉公しておりました。『ねたろう』という渾名がつくような男でございまして、日頃の働きぶりは決してまじめなものではございませんでした。特に青蔵とは折り合いが悪く、奉公をはじめてから一年ほどでやめてしまいました」

「その後、根太郎はどうしていたんだい」

「ろくに働きもせず、遊び暮らしていたようでございます」

昏を湿らせ、良右衛門が続ける。

「根太郎が店をやめて半年ほどたった頃でしょうか。久しぶりに休みをもらった青蔵が、よく足を運んでいた一膳飯屋で根太郎と出くわし、そこで口論になったそうでございます」

「ほう、そんなことがあったのかい」

ええ、と良右衛門が顎を引く。

「その場では何事もなくおさまったのでございますが、その翌日の夕刻、根太郎が路上で腹を刺されたのでございます。根太郎は誰にやられたのかわからないといったそうでございますが、凶器の包丁が決め手となり、青蔵は津之助に捕まりました」

「根太郎は、命に別状はなかったんだね」

「さようにございます。半月ほどで治る程度の浅手だったそうにございます」

「切れ味のよいはずの包丁を使った割に、浅手だったんだね」

「はい。ですので手前は、根太郎が自分で刺したのではないかと疑いました」

「狂言だったというんだね」

はい、と良右衛門が肯んじた。しかし、と富士太郎はいった。

「青蔵は根太郎が刺される前日に口喧嘩をし、さらに血のついた自分の包丁がその場に残されていた。これだけのことが揃えば、青蔵が捕まったのも、解き放ちにならなかったのも、至極当然のことだと思うんだが」

いえ、と良右衛門が大仰に首を横に振った。

「根太郎が刺されたという刻限、青蔵はうちでいつものように働いていたのです。それは疑いようのない事実でございます。手前は、その旨を津之助にもお役人にも、強く申し上げたのでございますが……」

「その役人というのは誰なんだい」

「あの、お名を申し上げてもよろしゅうございましょうか」

富士太郎を上目遣いに見て良右衛門がきいてきた。

「もちろんだよ」

聞くまでもねえな、と珠吉は思った。

――さっき旦那が会ってきたばかりのお人だろうよ。

「山岡さまでございます」

やはりそうだったかい、と珠吉は思った。

「おまえさんは、大須賀互作という人の名を聞いたことがあるかい」

富士太郎に問われて良右衛門が首をひねる。

「確か、御番所の与力ではないかと」

その通りだよ、と富士太郎がうなずいた。

「大須賀さまはもう亡くなっているけど、生前この店の者が、大須賀さまといざこざを起こしたことはないかい」

「いえ、大須賀さまはうちにいらしたことは一度もございませんので、そのようなことはなかったかと」

あっ、と良右衛門の横で輝作が声を上げた。

「大須賀さまは芝山屋さんを、贔屓にしておられたのではないでしょうか」

「芝山屋というのも料理屋かい」

輝作に顔を向けて富士太郎が問う。

「はい、この近所にある料理屋でございます」

富士太郎を見つめて輝作が顎を引く。

「以前、手前が芝山屋さんの前を通りかかったとき見送りに出てきた主人の泰四郎さんと、いかにも親しげに話をしているお武家がいらっしゃいました。泰四郎さんがそのお方のことを、大須賀さま、と呼んでいるのが耳に入り、確か御番所のお役人では、と考えたことをいま思い出しました」

「そうかい、大須賀さまは芝山屋という店を贔屓にしていたのか」

顎をなでつつ富士太郎がつぶやいた。その言葉で珠吉は、ぴんと来るものがあった。

「まさか芝山屋のために、大須賀さまが青蔵を陥れる絵図を描いたんじゃあるまいね」

面を上げて富士太郎が、ずばりと口にした。

「ええっ」

のけぞるように良右衛門が驚いた。輝作も瞠目している。

「まさかそのようなことが……」

「この店と芝山屋とは仲はいいのかい」

姿勢を正して富士太郎が問うた。良右衛門がすぐさま説明する。

「うちのほうがあとからできたものですから、芝山屋さんの得意客をかなり奪ったのではないかと……」

客がひどく減ってしまった芝山屋から、と珠吉は思った。

——大須賀さまは、なんとかならないかと頼み込まれたのかもしれねえな。金を積まれ、芝山屋を救う気になった大須賀さまは、青蔵を陥れ、濡衣を着せた。罪人を出した料理屋は客足が落ちると見込んで……。

根太郎を傷つけた本当の下手人は誰だったのか。誰が青蔵の包丁を盗んだのか。

その二つのことを考えているうちに、珠吉の中で一つの筋書ができ上がった。大須賀が手練の盗人に青蔵の包丁を盗ませ、根太郎に命じて青蔵馴染みの一膳飯屋で、わざと喧嘩をさせた。その翌日の夕方、人けのない路地で根太郎は自らの腹を刺し、青蔵の包丁をその場に捨てた。

事件が起きたことを知った津之助は、すぐに包丁の持ち主である青蔵を捕まえた。ただし、犯行があった刻限に青蔵は香島屋で働いていたことが判明し、このまま調べが進めば、青蔵はいずれ解き放ちになるのは目に見えていた。金をせしめられる、と踏んで津之助はいつものように香島屋に話を持ちかけた。

その要求に応じ、良右衛門は身代を払ったが、青蔵は解き放ちにならなかった。大須賀の企みによって、香島屋が狙い撃ちにされていたからだ。

苦境に陥っている芝山屋を救うつもりでいた大須賀が、青蔵の解き放ちに応ずるはずなどなかったのだ。

珠吉としては、この筋が正しいのではないかと感じた。

「おまえたちは根太郎が今どうしているか、知っているか」

平静な声音で富士太郎がたずねた。

「青蔵が遠島になったあと、長屋で首を吊ったと聞きました」

「えっ、もうこの世にいないのかい」

「さようにございます」

口封じに大須賀が殺しやがったな、と珠吉は思った。自害に見せかけたのは、むろん事件にしないためだ。

——旦那がこのあたりを縄張としていたら、必ずや下手人を捕まえたものを……。

事件の当事者だった根太郎も大須賀も津之助も死んでしまった今、真相は闇の中である。

「よし、これまでだよ」

宣するように富士太郎がいった。

「もう終わりということでございますか」

意外そうに良右衛門がきく。そうだよ、と富士太郎が肯定した。

「おまえさんたちは、津之助を殺してはいない。物言いと物腰からそのことは、端からわかっていたんだけどね……」

「あ、ありがとうございます」

良右衛門と輝作が深く頭を下げる。

「なに、礼をいわれるほどのことじゃないよ」

よっこらしょ、といって富士太郎が立ち上がった。珠吉と伊助もそれに続いた。

三

良右衛門と輝作に見送られて店の外に出、しばらく道を歩いた富士太郎が珠吉と伊助に顔を向けてきた。

「すべての黒幕は大須賀さまだったようだね」

当然のことながら、富士太郎もどんな筋だったか、わかっていたのだ。

まだ理解できずにいるらしい伊助に、歩きながら富士太郎がわかりやすくあらましを述べた。

「ああ、そういうことでしたか。よくわかりました。ありがとうございます」

感心したように伊助が感謝の声を出した。

――このくらいのことがわからねえようじゃ、探索に関しちゃあ、伊助もまだまだだな。しかし、旦那のそばにいれば、必ず成長できるはずだ。

「珠吉、伊助」

足を止めて富士太郎が呼びかけてきた。

「これから下谷坂本町一丁目に行くよ」

「そこには誰がいるんですかい」

「元盗人で晩鳥の弥真造という男がいる。津之助の下っ引を務めていた男だよ」

「晩鳥ですかい。むささびのことですね」

「おっ、さすがは珠吉だ。よく知っているね」

「まあ、そのくらいは長く生きていれば……」

「おいらは知らなかったんだ」

「旦那はまだお若いですからね」

「でもこれで決して忘れないよ。——伊助、下谷坂本町まで先導しておくれ」

「お安い御用です」

伊助が先に立ち、歩きはじめた。そのあとを富士太郎と珠吉がついていく。

四半刻ほどで、珠吉たちは下谷坂本町一丁目に着いた。すぐに自身番を訪ね、晩鳥の弥真造のことを町役人にたずねた。

「弥真造さんですか」

自身番に詰めていた、まだ三十前後と思える若い町役人が少し悲しそうな顔になった。

「半年ばかり前、弥真造さんは亡くなってしまったんですよ」

「えっ、そうなのかい。病かい」

間髪を容れずに富士太郎がきいた。

「いえ、殺されてしまったんです」

「誰に殺られたんだい」

珠吉の脳裏をよぎったのは、昔の仲間の復讐である。弥真造の密告により、大勢の盗人が捕縛されたはずだからだ。

「弥真造さんは、おみとさんという女と一緒に一軒家で暮らしていたんですが、そのおみとさんに包丁で刺し殺されました」

「女に殺られてしまったのかい」

はい、と町役人が顎を引いた。

「弥真造さんを殺したあと、おみとさんも自害されて」

「痴情のもつれかい」

「そうではないかといわれています」

そこまで聞いて富士太郎が、礼を述べて自身番を出た。珠吉と伊助もそのあとに続いた。

しばらく行ったところで、富士太郎が立ち止まった。珠吉と伊助に目を当てる。

「津之助にうらみを抱く者について、弥真造から話を聞くつもりだったけど、当てが外れたよ」

「ええ、残念ですねえ」

「津之助を殺した者は強いうらみを抱いていた。その手の者たちから話を聞こうと思っていたんだけど……」

富士太郎が少し間を置いた。

「珠吉には誰か心当たりはあるかい」

誰かいただろうか、と珠吉は考え込んだが、すぐに男の名が浮かんできた。

「いま一人、思い出しましたよ。鉄三という男なんですが」

「何者だい」

「昔はただの悪餓鬼だったんですが、いろいろと悪事を重ねているうちに津之助に目をつけられましてね。それで、痛い目に何度も遭わされ、江戸から逃げ出したんです」

「その鉄三が江戸を出ていったのは、いつのことだい」

「かれこれ七年ほど前になりますか」

「かなり前だね。そのとき鉄三は何歳だったんだい」

「二十五、六だったと思います」

「ならば今は三十二、三か。男盛りといってよいね。鉄三は江戸に戻ってきているのかい」

「さあ、そいつはわかりません。江戸を出てからの消息は不明なものですから」

「鉄三が津之助にうらみを抱いていたのは、まちがいないんだね」

まちがいありません、と珠吉は首を縦に振った。

「鉄三が江戸から逃げ出さざるを得なくなったのも、ひどい目にあわされた津之助に捕まりそうになったからです。もっとも、あっしも鉄三とは浅からぬ因縁があるんですけど」

「へえ、どんな因縁だい」

興味深げな眼差しを富士太郎が向けてくる。伊助も同じような顔をしている。

珠吉は目を伏せた。

「それについては、そのうち話しますよ」

「いいにくいことなのかい」

「それもありますが、けっこう長い話なものですから」

「わかったよ。珠吉がその気になるまで、待つことにするよ」

「済みません」

「いや、謝るようなことじゃないさ」

珠吉から目を離した富士太郎が、かたく腕組みをする。

「珠吉、鉄三の家を知っているんだね」

「ええ、知っています。行きますかい」

「行ってみたいね」

「しかし、鉄三のことは、あっしの思いつきみたいなものですよ。江戸に戻っているかどうかもわからねえような男を今から調べてみるんですかい。津之助は大勢の者にうらみを買っています。鉄三よりも、他の者を調べるべきなんじゃありませんか」

ううん、と富士太郎が首を横に振った。

「鉄三という男の名が、珠吉の中で最初に浮かんだんだろう。おいらは珠吉の勘を信じるよ。これまでの探索でも、珠吉の勘にはだいぶ助けられてきたからね。それゆえ、今から鉄三のことを調べてみる値打ちは、十分にあると思うよ」

わかりました、と珠吉は納得していった。

「珠吉、さっそく鉄三が暮らしていた町に行こうじゃないか」

「わかりました。ご案内いたします」

「家はどこにあるんだい」

「小石川の中富坂町(なかとみざかまち)です。裏長屋ですよ」

珠吉はその長屋に、何度か足を運んだことがあるのだ。

「鉄三は幼い頃、両親と一緒にその長屋で暮らしていましたが、長(ちょう)ずるや飛び出しちまいました。愛着のない長屋だったはずですし、戻っていないと思いますが……」

「鉄三の両親は今も健在かい」

「そのあたりは、あっしも知りません」

そうなのかい、と富士太郎が相槌を打った。

「もし二親のどちらかでも健在なら、鉄三が転がりこんでいるかもしれない。もしそうなら、儲けものだ」

珠吉は前に出て、来た道を戻りはじめた。

珠吉が案内したのは、北吉長屋という裏長屋で、幸い火事にも遭わず、昔ながらの風情でそこに建っていた。

木戸を入った最初の店の前で、珠吉は足を止めた。障子戸には『草履、雪駄』と黒々と大書してあった。店の中から、金槌を使っているらしい音が聞こえてくる。

「鉄三は二親とともに、ここで暮らしていました」

珠吉は目の前の店を指さした。

「今はもう別の者が住んでいるようですね。鉄三の父親は履物職人ではなかったですから」

「父親はなにをしていたんだい」

「夜鳴き蕎麦の屋台を引いていました」

以前は、この店の前に蕎麦の屋台が置かれていた。

「鉄三の二親は、もういないのかな」

富士太郎がいったとき、履物職人の店から二つ離れた店の戸が開き、五十歳くらいの女が出てきた。黒羽織の富士太郎に気づいて目をみはったが、丁寧に頭を下げて横を通り過ぎようとした。

「ちょっと済まねえが」

すかさず珠吉は声をかけた。はい、と少し怯えたような声で答え、女が立ち止まった。

「昔、この店に住んでいた経之助(きょうのすけ)とおたえがどうしているか、おまえさん、知っているかい」

えっ、といって女が珠吉をまじまじと見る。

「二人とも亡くなっちまいましたよ。もう三年はたつと思いますけど……」

「二人はなにが因(もと)で死んだんだい」

「経之助さんは酔っ払って堀に落ちて、おたえさんは風邪をこじらせて……。ほんの二月(ふたつき)ばかりのあいだに、相次いで亡くなっちまいました……」

辛そうに女が目を伏せた。

——経之助は大の酒好きだったが、それが命取りになったか……。

女房のおたえも、どこか影が薄いところがあった。風邪をこじらせて死んだというのも、わかるような気がする。

「話を聞かせてくれて、ありがとうよ」

珠吉は女に礼を述べた。女がほっとしたように歩きはじめる。

珠吉たちもその場を離れ、多くの人が行きかう通りに出た。

「珠吉、鉄三には親しい友垣(ともがき)はいなかったのかい」

道の端に寄って富士太郎がきいてきた。

「鉄三が親しい友垣に匿(かくま)われているかもしれないと旦那は考えているんですね」

「うん、そうだ」

「親しい友垣は何人かおりましたが、今は散り散りになっていて、そいつらの消息もさっぱりわかりません」

「ほかに、鉄三が立ち寄りそうなところはないかい」

「今のあっしには見当もつきません」

「まあ、そうだろうね」

少し残念そうに富士太郎がいった。

「この町から引き上げてもいいけど、一応、この近辺で鉄三を見た者がいないか、聞き込みをしてみよう」

わかりました、と応じて珠吉たちは近所の者たちに鉄三のことを当たりはじめた。

悪餓鬼だった鉄三のことを記憶にとどめている者は少なくなかったが、ここ最近その姿を目にした者は一人もいなかった。鉄三と親しく付き合っていた友垣が今どこにいるか、知る者もいなかった。

「鉄三はこのあたりには来ていないようだね」

結論づけるように富士太郎がいった。

「そのようですね」

珠吉が同意すると、あの、とそれまでずっと黙っていた伊助が口を開いた。

「もし鉄三が江戸に戻ってきているとするなら、どこにひそむことになりましょう。やはり旅籠でしょうか」

　そうだねえ、と富士太郎が首を傾げる。

「もし誰も頼る者がいなければ、宿を取るしかないだろうね。旅籠にいるとしたら、馬喰町かねえ」

「ならば、馬喰町へ行ってみますかい」

　珠吉は富士太郎に伺いを立てた。

「よし、行ってみよう」

　富士太郎が即決した。

「でも珠吉、その前に鉄三の人相書を描きたいんだけど、構わないかい」

「江戸を出る前の鉄三の人相しかわかりませんけど、それでもよろしいですかい」

「それは仕方のないことだよ」

　懐から紙を一枚取り出し、富士太郎が用水桶にかかる屋根の上に広げた。珠吉から矢立を借り、鉄三の相貌に対する質問をはじめる。

　輪郭や頬の削げ具合、目や口、鼻などの大きさと形などを、珠吉は鉄三の顔を懸命に思い出しながら答えていった。

た。

墨が乾くのを待って、富士太郎が人相書を披露した。珠吉は人相書を見据えた。

「珠吉、これでどうかな」

一枚の反故も出さずに富士太郎が描き上げた。

「よし、できた」

そこには、七年ほど前に見た鉄三の顔があった。おにぎりのような形をした輪郭に、細い目、丸い鼻、分厚い唇がのっている。よく描けているな、と珠吉は感心した。

「旦那は絵のほうも、大したものですよ。似ています」

珠吉は心の底から称賛した。

「そいつぁ、うれしいね」

富士太郎が弾けるような笑顔になる。

「おいらは絵がもっとうまくなったら、こんなにいいことはないと、思っているんだ」

笑みを消し、まじめな表情になった富士太郎が同じ人相書をさらに二枚描き、それを珠吉と伊助に渡した。

「一人が一枚ずつ持っているほうがいいからね。――よし、行こう」

富士太郎が珠吉と伊助をいざなうように、大きく手を振った。

四

中富坂町から半刻近くかかって珠吉たちは、馬喰町にやってきた。

数えきれないほどの旅籠が、道の両側に建ち並んでいる。

むろん日本橋の一画だけのことはあり、薬屋や地本問屋、櫛屋、合羽屋、煙草屋、足袋屋、飯屋など、江戸にやってきた旅人たちがありがたがりそうな店がいくつもあり、客を呼び込んでいた。

「この町には、いったい何軒の旅籠があるんですかね」

馬喰町の町並みを見渡して珠吉は富士太郎にきいた。

「通りの北側には、四十五軒の旅籠があると聞いたことがあるね。南側も同じくらい建ち並んでいるし、そのさらに南の通りにも旅籠があるから、全部で百軒は軽く超えているんじゃないかねえ」

「それはまたすごい数ですね」

江戸から飯盛女目当てに客が押し寄せる品川宿も旅籠の多さは知られており、全部で九十三軒あると珠吉は耳にしたことがあるが、馬喰町はそれ以上なのだ。百軒以上もある旅籠を三人一緒に回るのは、労力の無駄でしかない。珠吉たちは手分けして、富士太郎が描いた人相書を旅籠の奉公人たちに見せて回った。

一刻ばかりのときをかけて、すべての旅籠を回り終えたが、鉄三が泊まっている宿はどこにもなかった。

「いませんね」

珠吉はさすがに少し疲労を覚えている。

「済みません、あっしが旅籠じゃないかっていったばっかりに……」

伊助が申し訳なさそうな顔になり、肩を落とす。なーに、と富士太郎が笑い飛ばした。

「伊助、気にすることなんかないよ。馬喰町に行くと決めたのは、おいらなんだからさ。それに、こういうのは無駄な骨折りでもないんだ。鉄三が馬喰町の旅籠に泊まっていないのがわかっただけでも、探索が前に一つ進んだことになるんだからね」

「よくわかりました、畏れ入ります」

伊助がほっとしたようにこうべを垂れた。そういえば、と気を取り直したように口を開いた。

「確か旅籠町は浅草にもありますし、鉄三がいるのはそちらかもしれませんよ」

「旅籠はいったい何軒くらいあるんだい」

「八十軒はあるはずです」

「えっ、そんなに……」

富士太郎だけでなく珠吉も驚きを隠せない。浅草旅籠町という町があることは知っていたが、まさかそこまでの規模だったとは思いもしなかった。

「手前はそう聞いております」

「鉄三は浅草旅籠町にいるかもしれないね。ならば、さっそく行ってみることにしよう」

馬喰町をあとにした珠吉たちは、浅草旅籠町にやってきた。

馬喰町の旅籠は在所からさまざまな訴訟のために江戸にやってきた者がほとんどだが、浅草旅籠町は江戸見物に来た者が投宿しているようだ。今も大勢の旅人が暖簾を払って、目当ての旅籠に入っていく。

珠吉たちはまた手分けをし、忙しい刻限になりつつある旅籠に入り、奉公人たちに人相書を見せて話をきいていった。

ここでも一刻ほどかかってすべての旅籠を回り終えたが、鉄三らしき者はいなかった。

「鉄三は江戸に戻ってきていないのかな」

渋い顔をして富士太郎がいった。

「そうかもしれません。これまで数えきれないほどの旅籠を当たったというのに、鉄三がいないというのは、そういうことかもしれませんね」

「それでも、おいらたちは江戸にあるすべての旅籠を当たったわけじゃないからね」

「さようですね」

富士太郎の言葉に珠吉は賛意を示した。

「考えてみれば、内藤新宿(ないとうしんじゅく)や千住(せんじゅ)、板橋(いたばし)にも旅籠はたくさんありますし、それ以外にもあっしらが知らない旅籠など、この広い江戸にはいくらでもあるでしょう」

ふう、と富士太郎が疲れたようなため息をつき、首を伸ばして西の空を眺める。珠吉もつられてそちらを見た。

すでに暮れかかっており、空は橙色に染まっていた。旅籠に吸い込まれていく旅人たちも格段に増えており、あたりは活気づいて、ずいぶんにぎやかになっていた。料理屋から焼物や煮物のにおいが漂ってくる。珠吉は腹が減っていることを思い知らされた。

「こいつはたまらないね」

空腹に耐えるように富士太郎が腹に手を置いた。

「今日も、おいらたちは力を尽くしたよ。津之助殺しに関して、手がかりをつかめなかったのは悔しいけれど、明日またがんばればいいだけの話さ。必ず手がかりはつかめるよ」

あくまでも富士太郎は前向きだ。

旦那のこういうところは実にいいな、と珠吉は思った。

ふと富士太郎が気がかりそうな顔を珠吉に向けてきた。珠吉はにこりとした。

「正直にいえば、あっしもだいぶ疲れていますぜ。強がりをいう気力もありませんや」

そうかい、と富士太郎が納得したような顔でうなずいた。

「ならば、今日はこれで終わりにしよう。無理は禁物だからね。おいらもへたばったよ」

疲労などまるで感じていなさそうな元気な声で、わかりました、と伊助が答えた。このあたりは、二十三という若さを感じさせる。

暗さが増していく中、珠吉たちは連れ立って南町奉行所を目指した。

五

半刻ほどで珠吉たちは南町奉行所に戻ってきた。あたりはすっかり暗くなっていた。

珠吉は富士太郎と伊助に別れを告げ、町奉行所の敷地にある中間長屋に向かった。

「いま帰ったよ」

戸を開けて珠吉は声をかけた。

「お帰りなさい、おまえさん」

奥のほうから、取っ手つきの行灯(あんどん)を手にして女房のおつなが迎えに出てきた。式台に行灯を置いて、ぺたんと座った。おつなが案ずるような顔つきをしていることに、珠吉は気づいた。

もう四十年以上も連れ添っているから、そのあたりの機微(きび)は、なにもいわずとも察することができる。

「なにかあったのかい」

草履を脱いで珠吉はきいた。

「それが、おまえさん宛にこんな物が届いたんですよ」

おつなが持っているのは一通の文である。

「俺にだと」

珠吉は、渡された文に目を落とした。差出人は津之助の妾のおすなである。

「これは、おすなさんが持ってきたのかい」

珠吉が問うと、おつなが、いいえ、とかぶりを振った。

「おすなさんの使いだっていう三十前後の男の人がやってきて、置いていきましたよ」

三十前後だと、と珠吉は思い、眉根を寄せた。懐から鉄三の人相書を取り出し、おつなに見せる。

「使いとして来たのは、こいつじゃねえだろうな」

おつなが人相書を行灯のそばに持っていく。

「ちがいます。来たのは頬がたっぷりとして、もっと恰幅(かっぷく)のいい人でした。遊び人のように感じましたよ」

「遊び人かい。そうかい……」

居間に入り、珠吉は行灯の明かりで文を読んだ。きれいな女文字で、珠吉さんに伝えたいことがあるので夜の四つに白山権現に来てほしい、と記されていた。さらに、必ず一人で来てほしいとも書かれていた。

――おすなさんが俺に伝えたいというのかい。旦那ではなく……。

珠吉としては首を傾げざるを得ない。

「おまえさん、文にはなんて書いてあったの」

おつなが心配そうにきいてきた。女房に秘密にする気などなく、珠吉は文を渡した。手に取り、おつながすぐさま読みはじめる。

「白山権現……。ずいぶん遠いところね。夜の四つって書いてあるけど、おまえさん、行くつもりなの」

おつなにきかれて、うむ、と珠吉はためらいなく顎を引いた。

「こうして呼ばれたんだ、行くしかあるめえ」

そう、といっておつなが案じ顔になる。

「なに、心配なんぞ要らねえ。話を聞くだけだからな」

「でも……」

おつなは、いやな予感を覚えているようだ。

「大丈夫だ、案ずるな」

真顔になって珠吉は請け合った。

「仮になにがあろうと、この俺がたやすくたばるわけがねえ。そのことは、おまえが一番よく知っているだろう」

もう駄目だと医者にも見放されるような大怪我を負ったこともあるが、珠吉はまさに執念で生き延びた。今も富士太郎の中間を務めていられるのは、生来のしぶとさの賜物である。

「そうねえ……」

珠吉を見やって、おつなが微笑する。

「昔、一緒になる前にあたしと通りを歩いていたとき、おまえさんは堀で溺れている人を助けたことがあったわね」

「ああ、そんなこともあったたな」

あれから四十年以上の月日が流れたが、珠吉はそのときの光景を明瞭に思い出した。

「あたし、本当にびっくりしたのよ。人が溺れているのを見て、おまえさんは後(あと)先(さき)考えずに堀に飛び込んだんだから」

　必死に水をかいて溺れた男を救い出したまではよかったが、ひどく水を飲んだせいで、岸に上がった途端ひっくり返り、珠吉は死にかけたのである。

「お医者が来ても、おまえさんはぴくりとも動かなくてね。あたしが思い切り頬を引っ叩いたら、水を口から吐き出して、息を吹き返したんだよ。あたし、あのときはうれしくてうれしくて、涙がぼろぼろ出てきて止まらなかった」

「俺が生き返って、そんなにうれしかったか」

　そりゃそうよ、とおつなが肯定した。

「生き返ったら一緒になってあげるからさっさと目を覚ましなさい、と念じておまえさんを引っ叩いたんだよ。そうしたら、本当に目を開けたから、これも運命(さだめ)ね、と覚ってね。あたしはあんたの女房になるって決めたの」

　ほう、と珠吉は息をついた。

「そうだったのかい。そいつは初耳だ」

「これまで話したこと、なかったものね」

そういえば、と珠吉はいった。

「いま思い出したんだが、あのとき俺は夢の中で、泥でできた着物を着込んだような男たちに連れ去られそうになっていたんだ」

「えっ、そうなの」

目をみはっておつなが珠吉を見つめる。

「どうにも得体の知れねえ連中だった。だが、そこに天女らしい人がひらりと舞い降りてきて、俺をそいつらの手から引き上げてくれたんだ。しばらく空を飛んでいたんだが、あなたはここで降りなさい、といって地上に降ろしてくれたんだよ。気がついたら目の前におめえがいた」

「おまえさんは地獄に連れていかれるところだったんだね」

「地獄かい。確かにそれまでしてきたことを考えれば……」

珠吉は、女房の顔をしみじみと見た。

「どうしたの」

小首を傾げて、おつなが不思議そうにしている。

「いや、俺を助けてくれた天女はおめえだったんだ。ずいぶんかわいい顔をしていた。今もおめえは昔と変わらねえ。若い頃なら、この場で……」

押し倒しているところだ、という言葉を珠吉はのみ込んだ。

「馬鹿、いい歳して、なにをいってるのさ」

「年甲斐もなく照れているのは、おめえのほうじゃねえか」

その後、珠吉は急いで夕餉をかき込んだ。

夕餉を済ませると、珠吉はすぐに立ち上がった。行くのね、という目でおつなが見ている。

居間から出ようとしたが、ちっぽけな刀架に置いてある脇差に目が吸い寄せられた。どうするか、と珠吉は思った。持っていくほうがよいだろうか。だが、剣術の心得などほとんどなく、脇差の扱いなどろくに知らない。

――だが、今宵は持っていくほうがいいだろう。そのほうが身のためだ。

刀架から脇差を取り、腰に差した。体に芯が通ったような気がした。

――お侍がよく口にしているが、身が引き締まるっていうのは、こういうことをいうんだろうぜ。

「よし、行ってくるぜ」

おつなに告げ、戸口に向かう。半刻ちょっとで白山権現には着けるはずだ。

「ねえ、このことを樺山の旦那に知らせなくていいのかい」

後ろから、おつながきいてくる。珠吉が振り返ると、おつなは案じ顔をしていた。

「ふむ、確かにそうだな」

おつなから目を離し、珠吉は考え込んだ。

「文には必ず一人で来てほしいと書いてあるが、ここは旦那には伝えとくほうがいいだろうな。途中、屋敷に寄っていくことにしよう」

「ええ、そのほうがあたしも安心よ」

隠居したら、珠吉はおつなと一緒にお伊勢参りに行くつもりでいる。その夢はなんとしても叶えなければならない。そのためには、たやすくくたばるわけにはいかないのだ。

――肌が危うさを覚えたときは、無理や無茶は避けなきゃならねえ。用心するに越したことはねえんだ。

津之助の死にざまが珠吉の頭に浮かんだ。ああはなりたくねえ、と心から思った。

くる。

「じゃあ行ってくる」

おつなも戸の外に出てきて、手際よく提灯に火を入れた。それを珠吉に渡してくる。

「済まねえな」

提灯を手に珠吉は歩きはじめた。長屋から十間ほど進んだところで振り返ってみると、おつなが戸口に立っていて、こちらをじっと見ていた。

――おや。

珠吉はどきりと、心の臓のあたりが痛くなった。一瞬、おつなの姿が透けたように見えたのである。

今のはいったいなんだ、と珠吉は戸惑った。

――日頃の疲れが目にきてるようだな。

いったん目をつぶってから、もう一度おつなを見る。今はもう透けてはいなかった。

――よし、大丈夫だ。

珠吉は大門のそばまでやってきた。むろん門はがっちりと閉まっている。

門番詰所には明かりが灯っており、珠吉は静かに声をかけた。

「あの、外に出していただけますかい」

戸を開けて顔馴染みの門番が姿を見せた。行灯を掲げて珠吉を見据える。

「なんだ、珠吉じゃねえか。こんな刻限に出かけるのかい」

「ちょっと御用で、旦那のところに行かなきゃならないんで」

「そいつはまたご苦労なことだ」

門番がくぐり戸の閂を外し、珠吉を通してくれた。南町奉行所の外に出た珠吉は、急ぎ足で八丁堀の組屋敷に向かった。

六

南町奉行所と八丁堀は近いとはいっても、十三、四町はある。四半刻もたたずに珠吉は樺山屋敷の前に立った。

木戸をほたほたと叩くと、間を開けることなく、はーい、と女の声で応えがあった。ほどなく戸が開く音がし、木戸門の向こうで明かりが動いた。

「どちらさまでしょう」

耳に届いたのは富士太郎の声である。

「旦那、珠吉です」

えっ、と驚いた様子の声音が耳を打ち、閂が外される音がそれに続いた。木戸がからりと開き、取っ手つきの行灯を持った富士太郎が顔をのぞかせる。

「ああ、本当に珠吉だ。こんな刻限にどうしたんだい。ああ、こっちに入りな」

「失礼します」

一礼して珠吉は木戸をくぐった。富士太郎が戸を閉める。

「こんな刻限に済みません」

富士太郎はすでに寝間着姿である。

「いや、別に構わないよ。それで珠吉、どうしたんだい」

「こんな物があっしのところに届いたもので、お知らせに上がりました」

珠吉は懐から文を取り出し、富士太郎に渡した。受け取った富士太郎が、行灯の明かりを頼りに文を一読する。

「えっ、おすなが珠吉を白山権現に呼び出したのかい」

首をひねって富士太郎がうなり声を出した。

「そいつは、なんとも妙な話だね。おすなが呼び出すんなら、おいらだろう。それに、わざわざ夜の四つに白山権現に来いだなんて、あまりにおかしいよ。来てもらうのなら、家というのが筋じゃないかな」

「実はあっしも旦那と同じ考えでして。こんな刻限に申し訳ないと思いながらも、寄らせていただきました」

「珠吉は今から白山権現に行く気なんだね」

ええ、と珠吉はうなずいた。

「さすがに行かない手はないと思ったものですから」

「それで、珠吉はおいらを誘いに来たんだね。珠吉は正しい決断をしたよ。一人で行こうとしなかったのは賢明だ」

「こんな刻限に一人で行くのは、どうにも心細かったものですから」

「珠吉は肝が据わっているから、そんなこともないんだろうけど……」

もう一度、富士太郎が文に目を落とす。

「きれいな女文字で書いてあるね。これは、おすなの筆なのかな」

「さあ、あっしにはわかりません」

「それはおいらも同じだけど……」

よし、といって富士太郎が自分の太ももを軽くはたいた。ぱしん、と小気味よい音が立った。

「今から白山権現に行くよ」

「旦那、本当によろしいんですかい」

当たり前だよ、と富士太郎が強い口調でいった。

「こんな刻限に珠吉を一人で行かせられるものかい。それに、おいらたち町方同心には、もともと昼も夜もないからね」

「畏れ入ります」

富士太郎の言葉が心にしみ、珠吉の頭は自然に下がった。

「それに、なんか楽しいじゃないか。こんな得体の知れない文が来てさ。果たして鬼が出るか蛇が出るか……」

富士太郎は、むしろ浮き浮きしているように見える。いつの間に旦那はこんなに図太く、しかもたくましくなったのだろう、と珠吉は感嘆した。

――湯瀬さまのことが大好きで、どこかなよなよしていたところもあったが、今となっては嘘のようだ。これなら、俺が隠居しても、なにも心配あるめえよ。

「珠吉、ちょっと待っててくれるかい。着替えてくるから」

わかりました、と珠吉は腰を折った。富士太郎が玄関に入っていった。

待つほどもなく、黒羽織を着て珠吉の前にやってきた。智代も一緒である。

「あっ、これは御内儀。こんな夜分にお邪魔し、まことに申し訳ありません」

珠吉はあわてて辞儀した。

「珠吉さん、こんばんは。遅くまでご苦労さまです」

にこやかに笑って智代が挨拶してきた。

「いえ、ありがとうございます」

「珠吉さん、これから白山権現に行かれるということですが、どうか、無理をなさらないでくださいね。おつなさんも、珠吉さんのご無事を願っていらっしゃるはずですから……」

珠吉の脳裏に、透けて見えたおつなの姿が浮かんできた。あれはいったいなんだったのか。

「珠吉さん、どうかされましたか」

智代にきかれ、珠吉は我に返った。

「ああ、いえ、なんでもありません」

「じゃあ智ちゃん、行ってくる。完太郎のこと、よろしく頼むよ」

完太郎とは富士太郎と智代のあいだに生まれた長子である。まだ二つになったばかりだ。

富士太郎が木戸門を開け、外に出た。珠吉もそれに続く。

「行ってらっしゃいませ」

丁寧な口調でいって智代が木戸門をそっと閉めた。こんな夜更けに夫が出かけるなど、不安でならないはずだが、智代はその思いを微塵も面にあらわさなかった。

けなげだな、と珠吉は思った。いくら津之助殺しの探索のためとはいえ、樺山家を巻き込んだようになってしまい、申し訳ない、とも感じた。

珠吉をちらりと見た富士太郎が、おっ、と声を発し、目を丸くした。

「珠吉、珍しいね。今夜は脇差を帯びているんだ」

「ええ、用心のために持ってきました」

珠吉は脇差の柄を軽く叩いた。

「うん、そのほうがいいよ。丸腰で行って後悔するなんてことは避けたほうがいいに決まっているからね」

珠吉と富士太郎は、八丁堀から一刻近くかけて白山権現の参道までやってきた。目の前に、大きな鳥居がそびえるように立っている。

珠吉は夜空を見上げた。今夜はほとんど星がまたたいていない。空には薄い雲が広がっているようだ。

月の姿も、どこにもなかった。風はあまりないが、ときおり思い出したように吹いている。その風は生暖かさを感じさせた。

「では、先ほどの打ち合わせ通り、あっしはここから一人でまいります」

ささやき声で珠吉は富士太郎に告げた。うん、と富士太郎が顎を引いた。

「もし珠吉になにかあったら、すぐに駆けつけられるようにしておくからね。安心しておくれ」

珠吉にしか届かない声で富士太郎がいう。

「旦那、頼りにしてますぜ」

「任しておきな」

富士太郎が胸を叩くような仕草をする。珠吉は提灯を掲げて歩き出した。大鳥居をくぐる際、いったん立ち止まり、頭を下げた。すぐにまた足を進めはじめる。

参道の両側の家々はどこも戸を閉め、眠りについている。どこからも物音はせず、静けさが闇に覆いかぶさっていた。

ゆったりとした上り坂になっている参道を歩くと、先日、相対死があったばかりの場所にたどり着いた。手を合わせて二人の成仏(じょうぶつ)を願った。

珠吉は、十段ばかりある階段を上がりきった。そこは白山権現の境内である。広々としており、高台にあるためか、風の通りが実によい。

——こいつはいい風だ。

珠吉は爽快な気分になり、風がさらってくれたように不安な気持ちはかき消えた。

——いかにもご利益のありそうなお社(やしろ)だ。

境内に人けはまったくない。相変わらず静まり返り、わずかに耳に届くのは、風が境内の樹木を騒がせる音だけだ。

半町ばかり先に、大きな本殿の影がうっすらと見えている。その左手に見えている建物は、手水場(ちょうずば)だろうか。

白山権現には南側から境内に上がれる長い階段がある。手水場は、そちらからお参りする者のためにあるのだろう。

おすながもう来ているのなら、本殿の近くにいるはずだ。提灯をかざし、珠吉は本殿に向かって進みはじめた。

そのとき、うっ、と人のうめき声のようなものがかすかに聞こえたような気がした。珠吉は足を止め、なんだ、と周りを見渡した。

今の声はどこから聞こえたのか。どうにもはっきりしなかった。声はそれ一度きりで、その後は二度と響いてこなかった。

——今のはいったい……。

もしや富士太郎の身になにかあったのではないだろうか。気にかかった珠吉は、調べてみるかという思いに囚われた。

——いや、旦那はそんなにあっさりとやられるようなお人じゃねえ。湯瀬さまや倉田さまには及ばねえかもしれねえが、剣のほうもなかなか遣うんだからな。

腹に力を入れて珠吉は本殿の前に来た。しかし、おすなの姿はどこにもなかった。

まだ来ていないのか。それとも、やはりこれは誰かの罠なのか。

そのときどこかで時の鐘が鳴りはじめた。約束の刻限の四つになったのだ。荘厳さを感じさせる鐘の音が、夜空を震わせていく。

富士太郎は近くにいるはずだが、その姿は見えない。うまくひそんでいるのだと、珠吉としては信じたかった。

——旦那は若いが、場数は相当踏んでいる。鍛え上げている男なんだから、たやすくやられちまうようなことはあるまいよ。

せっかくここまで来たのだから賽銭(さいせん)くらい投げておこうと、珠吉は提灯を地面に置いて懐を探り、財布を取り出した。一文銭を一枚つかんで、財布を懐に戻す。

提灯を持ち上げて本殿に近づき、二礼二拍手したのち、一文銭を賽銭箱に投げ入れた。おつなと必ずお伊勢参りに行けるよう、目を閉じて強く祈った。

目を開けて一礼し、珠吉は後ろに下がり、短い階段を下りた。提灯を手にする。

七

背後から殺気が迫ってくるのを感じた。珠吉は素早く振り返り、体勢を低くした。

闇にきらりと、なにかが光った。それが珠吉の胸にまっすぐ向かってくる。刃物だ、と直感した珠吉は体を開くと同時に、提灯でそれを払いのけた。

ばしっ、と音がし、提灯が弾き飛ばされた。少し離れた地面に転がり、燃えはじめた。

その炎に照らされて、何者とも知れない賊が目の前に立っていた。賊が手にしているのは匕首のようだ。

「誰だっ」

脇差に手を置いて珠吉は誰何した。頭巾をすっぽりとかぶっている賊は、腰を落として珠吉をじっと見ているようだが、なにも答えようとしなかった。

——あの文はやはり罠だったな。しかし、こいつはいったい何者だい。

「きさま、鉄三か」

珠吉がいうと、頭巾の口のあたりがぴくりと動いた。

「やはり鉄三なんだな」

もちろん確信はまだ持てない。やがて提灯が燃え尽き、賊が闇に包み込まれた。

珠吉は夜目が利く。目の前に立つ賊の姿は、うっすら見えている。

「死ねっ」

いきなり怒号して賊が飛びかかってきた。匕首が振り下ろされ、珠吉の顔を切り裂こうとする。

珠吉は飛びすさり、賊との距離を取った。二間ばかりの間合ができ、腰を落として脇差をすらりと抜く。

――今のは、やはり鉄三の声のようだったが……。

賊が脇差など関係ないといわんばかりに、突っ込んできた。半間ほどまで迫ったとき、手にしていた匕首を棒手裏剣のように投げつけてきた。

珠吉はぎょっとしたが、咄嗟に顔をそむけることでかろうじてかわした。風音をさせて匕首が後ろに飛んでいく。

匕首が耳をかすっていったように感じた。それほど際どく、いま生きているのが奇跡に思えた。

珠吉が匕首に気を取られたところに、賊が突進してきた。長どすらしい物を手にしている。珠吉を間合に入れたらしく、長どすを袈裟懸けに振り下ろしてきた。

珠吉は、まずい、と思いつつも無我夢中で脇差を振り上げていった。がきん、と鉄同士がぶつかり合う強烈な音がし、火花が闇に散った。

脇差など、これまでほとんど使ったことがない。この得物での応戦に慣れていないせいもあって、腕がひどくしびれた。

——だが、脇差が俺の命を救ってくれたぜ。もし持ってこなかったら俺は斬られて死んでいただろう。それにしても、真剣での戦いは怖いな。油断できねえ。だらだらと、粘っこい汗が背中を流れ落ちている。珠吉は、はあはあ、と暑さにやられた犬のように息をしながら考えた。

——旦那はいったいどこにいるんだい。なぜ加勢してくれねえんだろう。

「珠吉」

落ち着いた声で、賊が呼びかけてきた。珠吉は、賊をぎろりと見据えた。

「その声は、やはり鉄三だな」

ふふ、と賊が楽しそうに笑った。

「よくわかったな」

「わからねえわけがねえだろう」

「まあ、そうだな。俺たちには浅からぬ因縁がある」

鉄三が左手で頭巾を取り、懐にしまい込んだ。鉄三の顔が眼前にあらわれた。

その顔を見て珠吉は、意外だったが、懐かしさに包まれた。若い頃が戻ってきたような気になった。

——しかし、こいつには本当に手を煩わされたぜ……。

「鉄三、なぜ江戸に戻ってきた」

ああ、と鉄三が肩を揺すって答えた。

「津之助やおまえを殺すためだ。幸八もあの世に送ってやるつもりだったが、もうすでに、くたばっていやがった」

幸八が死んだのか、と珠吉は思った。ひどい酒好きだったから、おそらく肝の臓をやられたのではあるまいか。

「なぜ今なんだ」

強い口調で珠吉は質した。

「なぜ今になって津之助を殺し、俺を襲う。うらみを晴らすためなら、もっと早くてもよかったんじゃねえのか」

「俺にも都合というものがあってな」

どこか言葉を濁すように鉄三がいった。少し近づいてきて、珠吉をにらみつける。

「珠吉、一人で来なかったな」

富士太郎と一緒にここまで来たことを、鉄三は知っているのだ。

——やはり、旦那は鉄三にやられちまったんだろうか。

無事なのか。まさか殺されてはいないだろうな。

——もし旦那が死んじまってたら、俺は御内儀に顔向けできねえ。死んでお詫びするしかねえ。

珠吉は丹田に力を込め、鉄三に向かって言い返した。

「だったら、なんだというんだ。きさまだって、おすなさんの名を騙って俺を呼び出したじゃねえか」

「なるほど、お互いさまというわけか。珠吉」

低い声で鉄三が呼んだ。

「おめえが一緒に来た町方役人だが、手水場の陰で眠っているぞ」

なんだと、と珠吉は眉根を寄せた。

「まさか殺したんじゃねえだろうな」

「殺したさ。決まっているだろう」

なんだと。珠吉は頭に血が上った。

「きさま、殺してやる」

珠吉は鉄三に向かって飛び込もうとした。はは、と鉄三が乾いた笑い声を上げた。

「安心しな。殺しちゃいねえよ」

なにっ、と珠吉は足を止めた。

「嘘じゃねえだろうな」

「こんなことで嘘なんかつくか」

すぐに鉄三が言葉を続ける。

「俺は関わりのねえ者を手にかけるほど、落ちぶれちゃいねえ。あのひょろりとした町方役人は、当身(あてみ)を受けて気を失っているだけだ。安心しな」

先ほど聞こえたうめき声は、やはり富士太郎が発したものだったのだ。

考えてみれば、津之助にはからっきし相手にならなかったが、鉄三は他の者には恐ろしいほどの強さを誇っていた。

いくら富士太郎がそこそこ剣を遣うとはいえ、背後から鉄三に忍び寄られたら、気づかず倒されてしまったとしても不思議はない。

「鉄三、本当にうちの旦那を殺していねえんだろうな」

鉄三をにらみつけて珠吉は確かめた。

「何度もいわせるな。殺してなんかいねえよ」

鉄三が嘘をいっているとは思えない。だが、今も富士太郎の身が案じられてならない。富士太郎の無事を確かめるまでは心からの安堵を覚えることはできないが、珠吉はわずかに息をついた。

「あの文は誰に書かせたんだ」

そんな言葉が珠吉の口をついて出た。

「書かせてなんかいねえ。俺が書いたんだ」

なんだと、と珠吉は驚いた。

「あの女文字を、きさまが書いたというのか」

「女文字など手本さえあれば、いくらでも書ける」

若い頃から鉄三は、なにをやらせても器用だった。それは女文字に関しても同様だったということか。

「俺の長屋に、文を持ってきたのは誰だ」

「ろくに知らねえ男さ。遊び人のように見えたから、金を払って文を持っていくよう頼んだのよ」

鉄三、と珠吉は呼びかけた。

「塒（ねぐら）はどこだ」

ふふ、と鉄三が小さな笑いを見せた。

「珠吉、だいぶ俺を捜したんじゃねえのか」

「ああ、捜したさ。捜し回った」

別に否定するほどのことでもなく、珠吉はあっさり認めた。

「津之助が殺られたと聞いたとき、きさまの顔が頭に浮かんだからな。江戸に舞い戻ってきたんじゃねえかと思っていたが、案の定だった」

「だが、俺を見つけられなかった」

ああ、と珠吉はいった。

「いくつもの旅籠を当たったんだが……」

「そうかい、旅籠を捜し歩いたのか。ご老体なのに、ご苦労なこった」

「毎日、そうやって体を動かしているから、俺は元気なんだ」

「年寄りの冷水(ひやみず)ともいうぜ」

「うるせえ。それで鉄三、今はどこにいやがる」

「教えるわけがなかろう」

「鉄三、きさまは俺を殺しに来たんじゃねえのか」

「むろん、そのつもりで来たさ」

「つまりきさまは、ここで俺を殺すつもりなんだろう。だったら、どこを塒にしてるか教えてもいいんじゃねえのか」

ふん、と鉄三が鼻で笑った。

「その手に乗るか。俺はおめえを必ず殺す。だが、万が一ということもある。用心に越したことはねえからな」

「その程度の覚悟じゃ、俺を殺すことなどできねえぜ」

「なに、必ず殺してやるさ。見ていればいい」

決意を露わにしたように鉄三が瞳をぎらつかせた。

「おい、鉄三、きさま、いくつになった」

あくまでも冷静に、珠吉は新たな問いをぶつけた。

「いろいろきいてくるんだな」

「久しぶりに会えば、積もる話があるのは当然だろう」

「三十二だ。だが、なぜそんなことをきく。俺の歳などに、なんの興もなかろうに」

「おめえの顔を見ていたら、ずいぶん歳を取ったなと思ってな。三十二よりも、よっぽど老けて見えるぜ」

鉄三がおもしろくなさそうな顔をする。

「おめえや津之助のせいだ」

「自分のせいさ。きさまは勝手に坂道を転げ落ちていったんだからな」

「いや、そうじゃねえ」

叫ぶようにいって鉄三が激しく首を横に振った。

「おめえらのせいで、俺は江戸を離れなきゃならなくなったんだ。俺がこんな風になったのは、おめえらのせいだ」

「そうやって人のせいにしてばかりいるから、つまらねえ人生を送る羽目になるのさ。いい歳して、それがわからねえのか。情けねえやつだ」

「うるせえっ」

長どすを振りかざして、鉄三が躍りかかってきた。

「死ねっ」

怒鳴るようにいって、斬撃を珠吉に見舞ってくる。

闇に光る刃のきらめきを目の当たりにして、おっ、と珠吉は声を漏らした。同時に、血の気が引いていくのを覚えた。

これまで、数えきれないほど捕物に関わってきたが、真剣を持った相手に対するのは久しぶりだった。そのため、鉄三が長どすを振り下ろしてきたことに、珠吉は底知れない恐怖を感じた。

間近で真剣を振り下ろされるというのが、どれほど恐ろしいものか、思い出した。

——しかし、長どす如きに怖さを覚えるなんざ、なんと情けねえ。鉄三のことを嘲(あざけ)ってなどいられねえぞ。

珠吉は今度も後ろに下がることで、鉄三の斬撃をなんとかやり過ごした。風を切る音が間近で聞こえ、それだけで身がすくみ、背筋が寒くなった。

——なんとかしなきゃならねえが、どうすりゃいいってんだ。

この命のやり取りの中に、直之進などは数え切れないほど飛び込んでいっているのだ。遣い手だからという理由もあるだろうが、やはり人よりずっと肝が据わっているからにちがいなかった。

また斬撃がやってきた。うわっ、と心で叫びつつ左に動いて珠吉はかわした。さらに鉄三が長どすを横に振ってくる。足さばきだけで珠吉はかろうじてよけた。

「とっとと死ねっ」

焦(じ)れたようにいって鉄三が深く踏み込んできて、またも長どすを袈裟懸けに振り下ろしてくる。

やられる、と肝を冷やしつつも珠吉は身を低くした。斬撃がちょんまげをかすめるようにして、通りすぎていく。少しでも体を屈めるのが遅かったら、ちょんまげはまちがいなく飛ばされていただろう。

ちょんまげを飛ばされたくらいでは、死にはしないが、怖いものは怖かった。

――俺は湯瀬さまや倉田さまじゃねえんだからな。もし俺が湯瀬さまだったら、鉄三なんてまったく相手にしねえだろうに……。

そういえば、と珠吉は不意に直之進の言葉を思い出した。真剣での勝負はできるだけ深く踏み込んだ者が勝つ、といっていたのではないか。

『真剣で命のやり取りをするのは誰だって怖い。だがその怖さを抑え込んで前へ出た者こそが、勝負をものにすることができる』

――そうか。俺も踏み込まなきゃ、いけねえのか。湧き上がる怖さを心で押し留めて前に出ねえと、助からねえってことだ。

実際、鉄三は深く踏み込んできているではないか。若い頃から怖いもの知らずではあったが、それは今も変わっていないようだ。

――鉄三にできて、俺にできねえなんてことがあるか。鉄三なんかに負けていられねえぞ。俺も意地と根性を見せなきゃならねえ。できなきゃ、ここで死んじまうんだ。おつなとのお伊勢参りも夢のままで終わっちまう。そんなのは真っ平ごめんだ。

全身に力を込めて脇差を握り締め、珠吉は身構えた。またしても鉄三が間合を詰めてきて、長どすで打ちかかってくる。

珠吉は後ろに下がりたくなる気持ちをこらえ、なんとか踏みとどまった。

――長どすの動きをよく見るんだ。見えさえすれば、怖くねえはずだ。

珠吉は死物狂いに目を凝らした。見えた、と思った瞬間、脇差を頭上に掲げた。がきん、と音がし、強い衝撃が両腕に伝わった。

珠吉の手のひらが、じんじん、としびれた。真剣というのはやはりすげえ、と珠吉は気持ちがひやりとしたが、先ほどよりも恐怖心は薄れているように思えた。

そういえば、と珠吉の中で直之進の言葉がさらによみがえった。

『死ぬと思えば生き、生きると思えば死ぬ』

確か直之進は、そんなことも口にしていたのではなかったか。

――死ぬ気で飛び込まなきゃ、活路は開けねえってことか。

まさか珠吉に、渾身の斬撃を受け止められると思っていなかったのか、鉄三が、ちっ、と舌打ちし、またしても間合を取った。

——今だ。

珠吉は鉄三の動きに付け込み、一気に突っ込んでいった。

——鉄三っ、いっそ刺しちがえてやるぜ。

それだけの覚悟を決めて、珠吉は脇差を突き出していった。

うおっ、と鉄三が仰天したような声を上げた。腰の引けていた珠吉が、まさか反撃してくるとは思っていなかったようだ。

鉄三がうろたえたように横によける。珠吉は構わず、脇差を斜めに振り下ろしていった。

脇差を振り切ると、かすかに手応えらしいものがあった。はっ、として動きを止め、顔をねじ曲げて珠吉は鉄三を見やった。

こめかみのあたりから血が流れているようで、鉄三が手のひらで押さえていた。

「や、やりやがったな」

怒りをたたえた顔で、鉄三が長どすを振り回してきたが、先ほどまでの鋭さはなく、珠吉はあっさりかわしながらまたも突っ込み、脇差を振り下ろしていった。

鉄三が長どすを振るい、がきん、と弾き返してきた。同時に長どすを胴に払ってくる。だが腰が入っていないせいか、珠吉はその斬撃を見切ることができた。

——気の持ちようで、こんなに見え方が違うのか。

珠吉も脇差を振り、鉄三の長どすを打ち返した。鉄三の斬撃から鋭さが消え、珠吉は体勢を崩されることもない。

——これならやれる。

行くぞ、と自らに気合を入れて踏み込むや、珠吉は脇差を斜めに振り下ろしていった。さっと後ろに下がり、鉄三がぎりぎりでよけたが、むっ、という顔で珠吉を見た。突然の珠吉の反撃が、不思議でならないのではないか。

息を入れたいのか、鉄三が長どすを構え直そうとする。珠吉はその隙を衝こうと突進したが、それを待っていたかのように鉄三が長どすを突き出してきた。

長どすの切っ先が見えにくく、珠吉は対処が遅れた。切っ先が胸に届こうかというぎりぎりのところで、なんとか脇差で横に払いのけることができた。

後ろに跳ね飛び、今度は珠吉が鉄三との間合を空けた。はあはあはあ、と息がひどく荒く、胸が苦しい。立っているのも辛いくらいだ。

ひったくり犯を捕らえるために一刻ばかり走り続けたのは、昨日のことだ。あのときよりも、今のほうがもっときつい。

破裂するのではないかと思えるほど、どくんどくんと心の臓が激しく鼓動を打ち、喉もからからだ。

全身からふき出した汗で着物はすでにぐっしょりと重くなっており、動きも鈍くなってきている。

やはり、ただ長く走るより、こうして命のやり取りをしているほうが、体への負担は大きくなるのだろう。

すぐに鉄三に躍りかかりたいが、今は少しでも息をととのえなければならない。そうしなければ、体が保たない。いま無理をすれば、本当に心の臓が破れてしまうのではあるまいか。

——隠居なんかまだまだと心のどこかで思っていたが、こんなに体がきついとは……。しかも二日続けてだぞ。

鉄三は、珠吉のおよそ半分の歳だ。まだまだ若く、珠吉ほどの疲れは覚えていないだろう。いつまた襲いかかってくるかわからず、息を必死にととのえつつ珠吉は、鉄三を迎え撃てる体勢を取った。

　そのとき、ごほごほごほ、と咳き込むような音が珠吉の耳を打った。なんだ、と思って見つめると、鉄三が病人のように体を丸めて苦しがっている。

　――鉄三は病持ちだったのか。肺の病か。

　この機会を逃がすわけにはいかない。まだ完全には息が戻っておらず、動悸も激しいままだったが、珠吉は脇差を手に鉄三に向かって突っ込んだ。

　その足音が聞こえたか、はっとした鉄三の顔には恐怖が貼り付いており、すぐに体を翻し、よろよろと駆けはじめた。

　――逃げるつもりか。

　珠吉を殺すためにわざわざ白山権現に呼び出しておきながら、まさか背中を見せるとは信じ難い。あれほどの殺意を抱きながら、なにゆえ気持ちが折れたのか。

　だが、これは鉄三を捕らえる絶好の機会といえた。ここで逃がすわけにはいかない。

　息苦しさは取れていなかったが、珠吉は一気に駆け出し、鉄三を追った。すぐに距離が詰まり、あと少しで鉄三に手が届くというところまで近づいた。今だ、とばかりに脇差を背中に向かって振り下ろした。

右肩のあたりに刃が当たったように見えたが、実際には鉄三に勘よくかわされていた。脇差は虚しく空を切った。

その弾みで珠吉は体勢を崩し、空足(からあし)を踏んで地面に転がった。まずい、と思い、泡を食って立ち上がろうとしたが、体がいうことを聞かなかった。

脇差を握り直し、珠吉は鉄三の攻撃に備えたが、なにも起きなかった。鉄三はこちらを振り返りもせず、まっすぐ参道を駆けていったのだ。

——なんと。

本当に戦う気持ちをなくしたのだ。鉄三が急に戦意を失ったのは、やはりひどく咳き込んだからだろう。

おそらく鉄三には持病があり、発作を起こしてしまったために、もう戦えないと判断したのではないか。

珠吉が見守っているうちに、鉄三の姿は闇の中に消えていった。どんな手立てを使っても、もう追いつけない。

とにかく、と珠吉は思い、ゆっくりと立ち上がった。死地は脱したのだ。鉄三を捕らえられなかったのは残念だが、今は生きていることを喜ぶべきだろう。

珠吉は脇差をゆっくり鞘に戻した。

八

なにか忘れているような気がした。

――そうだ。旦那を捜さねえと。

疲れ切った体に鞭打って、珠吉は手水場に向かって駆け出した。鉄三は、手水場の陰で眠っているといっていた。

手水場を回り込むようにして駆け込むと、人がうつ伏せに倒れていた。よく見ると黒羽織を着ており、紛れもなく富士太郎と知れた。

富士太郎はぴくりとも動かない。

――息をしているのか。

少なくとも、あたりに血のにおいは漂っていない。長どすで刺されてはいないのかもしれない。

「旦那っ」

声をかけても反応がなかった。珠吉はしゃがみ込み、富士太郎を抱き起こした。

「旦那、起きてくだせえ」

だが富士太郎は、がくりとうなだれたまま、目を覚まさない。珠吉は富士太郎の鼻のところに手をかざした。かすかだが、息をしていることがわかり、ほっとした。

「旦那」

珠吉は、富士太郎の頰をぴしゃぴしゃと叩いた。それでも起きなかった。

おつながしてくれた話が脳裏をよぎり、起きてくだせえ、と怒鳴って珠吉は富士太郎の頰を思い切り引っ叩いた。

ぱしん、と小気味よい音がした。その直後、痛いっ、と叫んで富士太郎が目を開けた。

「あっ、起きた」

もぞもぞと富士太郎が身動きをする。横たわったまま、珠吉を見つめる。

「あれ、珠吉じゃないか。おいらはどうして珠吉の腕の中にいるんだい」

なにがあったか珠吉が説明する前に、富士太郎が頰を撫でさすった。

「なぜか、ほっぺたがじんじんするんだけど、おいらはどうしちまったんだろう」

「あっしが叩いたからですよ」

「えっ、なんで叩いたんだい」

「旦那を起こすためですよ」

「えっ、おいらはもしかして気を失っていたのかい」

「さようです」

富士太郎をじっと見て珠吉はうなずいた。

「旦那がどうしても目を覚まさないんで、心配になって引っ叩いたんで……」

「ああ、そうだったのかい。でも、どうしておいらはこんなところで横になっているんだろう」

「旦那、覚えてないんですかい」

「ああ、まったく。いや、たったいま思い出したよ。そうか。おいらは後ろからやられちまったんだ。当身を食らったのか、急に息が苦しくなり、気を失ったんだ」

あわてて富士太郎が立ち上がる。

「珠吉、おいらは誰にやられたんだい」

「やはり珠吉を呼び出したのは鉄三だったんだね。やつはどうした」

「鉄三です」

「逃げられちまいました」

富士太郎が意外そうな表情になる。

「えっ、本当かい」

珠吉はどんなことがあったのか、手短に説いた。

ええっ、と富士太郎が呆然とする。

「おいらがこんなざまじゃなかったら、鉄三を捕らえることができたってことじゃないか」

「まあ、そうなりますかね……」

語尾を濁すように珠吉はいった。

「ああ、なんてへまをしちまったんだい」

絶望したように富士太郎が頭を抱える。

「しかも鉄三は、津之助殺しも白状したんだろう」

ええ、と珠吉は顎を引いた。

「自分が殺ったと、はっきりいいました」

「それをおいらが油断してたせいで、逃がしてしまったんだね。ああ、なんてことだ」

富士太郎が平静さを失い、取り乱した。

「旦那」

珠吉は静かに呼びかけた。

「気に病んでも仕方ありませんぜ。旦那がよくいっているように、次にがんばればいいんですから」

富士太郎がまじまじと珠吉を見る。

「確かにそうなんだけど、あまりに情けなくて、おいらは体に力が入らないよ」

せっかく立ち上がったのに、富士太郎は今にもへたり込みそうな風情だ。

「旦那、しっかりしてくだせえ。一度のしくじりでへこたれるなんて、旦那らしくありませんぜ」

自分なりの励ましの言葉を、珠吉は富士太郎に投げた。

しばらく富士太郎は下を向き、考え込んでいた。

「ああ、そうだね」

面を上げ、どこか吹っ切れたような表情を見せた。

「いくら悔いたところで、今夜はもう鉄三を捕らえることはできないんだ」

「そうですよ。今宵はもう帰って休むしかありませんが、明日からまたがんばればいいんですよ。しっかり力を蓄えて、鉄三を捕らえましょう」

「うん、珠吉のいう通りだね」

大きく首を縦に振って富士太郎が同意する。

「この借りは明日必ず返してみせるよ」

「その意気ですよ、旦那。今晩は帰るとしましょう」

珠吉は富士太郎を促した。そうしよう、と富士太郎も参道を目指して歩きはじめた。

「珠吉、提灯はどうしたんだい」

珠吉が持っていないことを富士太郎は気づいたようだ。

「鉄三と戦ったせいで、燃えちまいました」

「そうだったのかい」

富士太郎が懐に手を入れ、折りたたんであった小田原提灯を取り出した。

「珠吉、これを使っておくれ」

それを見て珠吉は感心した。

「よくこんな物まで持っていますねえ。旦那の懐には、いつもなんでも入っていますね」

「どんなことにも備えは要るからね」

「素晴らしい心がけですよ」

　珠吉は小田原提灯に火を入れ、再び歩きはじめた。その上で、鉄三とどんな因縁があったのか、富士太郎に話して聞かせる。

「鉄三との最初の出会いは、かっぱらいでしたよ」

「ほう、かっぱらいかい」

　ええ、と珠吉は答えた。

「追手に捕まりそうになっている子供の手を引いて、あっしは路地に引っぱり込んだんですよ」

「その助けた男の子が鉄三だったんだね」

「さようで。あのときの鉄三はまだ九つくらいでしたが、本郷の界隈（かいわい）では悪童として知られていました。そのとき鉄三を追っかけていたのが、岡っ引だった津之助でした」

「ああ、やっぱり」

「津之助は当時から悪評高く、無実の者でも罪をでっち上げて捕まえ、手柄にしているという話を聞いていました。その上、恐ろしいほど腕っぷしが強く、小さな子供でも捕まったら、ただでは済まないという評判でした。それを知っていたんで、あっしは鉄三を匿ったんですよ」

「じゃあ、そのとき珠吉は鉄三に恩を着せたんだね。それなのに、どうして命を狙われるようなことになったんだい」

「助けたとき鉄三は、恩に着るよ、といかにも素直そうな笑顔でいいました。あっしはその顔を見て、まだ真っ当な道に戻れると感じたんです。それで、もうかっぱらいなどやめるようにいって、解き放ったんですよ」

「そうだったのかい。でも鉄三は悪さをやめなかったんだね」

はい、と珠吉は顔を歪めて首肯した。

「あのとき罪を認めさせたほうがよかったかもしれねえ、とそのあと何度も悔いましたよ」

「珠吉の性格なら、そうだろうね」

「そのかっぱらいだけでなく、鉄三とのあいだにはほかにもいろいろあったんですが、最も大きかったのは七年前のことですね」

「七年前になにがあったんだい」

興味津々の顔で富士太郎がきいてきた。

「ある晩、鉄三からあっしのもとに、会いたいと、つなぎがあったんです。刻限は深夜の九つで、場所は湯島天神でした。鉄三は先に来て、あっしを待っていました」

「ふむ、それで」

真剣な光を瞳に宿して富士太郎が先を促す。

「あっしは鉄三から、逃げる手引きをしてほしい、と頼まれました」

「なぜ鉄三はそんなことを珠吉に頼んだんだい。もしや津之助から逃げようとしていたのかい」

「鉄三が津之助に追われていたのは事実です。でも、あっしにはどうあっても鉄三を逃がしてやることは無理でした」

「どうしてだい」

「そのとき鉄三は、とあるやくざの親分を殺していたんですよ」

「そんなことをしていたのに、珠吉に逃がしてくれと頼んできたのかい。ずいぶん厚かましい男だね」

「あっしも悪いんですよ。それまであっしは、鉄三をさんざん甘やかしてきましたから……」

「でも珠吉は当然のことながら、鉄三の申し出を断ったんだろう」

さようです、と珠吉は点頭した。

「きっぱりと、そんな真似はできない、と鉄三に伝え、今からおまえを捕まえる、といいました。それを聞いた鉄三は、もう終わりだという顔になりました」

「助けてもらえると思っていた珠吉に拒まれたら、まあ、そうなるだろうね。その後、鉄三はどうしたんだい」

「鉄三は観念したように見えました。しかし、あっしが縄を打とうとしたそのとき、不意に津之助があらわれて……」

「津之助が……。鉄三はびっくりしたんじゃないかい」

ええ、と珠吉はいった。

「あっしも驚きましたが、もっと驚いたのは、津之助が『珠吉、ありがとうよ。知らせはもらったぜ』といったことです」

「なんだって。やはり津之助という男は腹黒い男だね」

「まったくで……。まるであっしが津之助と通じていて、端から鉄三を嵌めたかのような物言いをしたんで」

「津之助があらわれて鉄三はどうしたんだい」

「津之助の言葉をまともに受け取っちまいました。鉄三は、裏切りやがったな、とあっしを睨みつけました」

「鉄三という男も、あまり頭がよくないようだね。珠吉のことを知らなさすぎるよ。それにしても、ずいぶん都合よく津之助があらわれたものだね」

　富士太郎の指摘に、珠吉は苦い顔をした。

「あっしは、どうやら津之助に見張られていたようなんです。津之助は、鉄三があっしを頼りにしていると知って、必ずつなぎを取ると踏んでいたんでしょう。まさか見張られているとは気づかず、あっしはのこのこと鉄三に会いに行っちまった……」

　そうだったのかい、といって富士太郎がため息をついた。

「津之助がいきなりあらわれて、鉄三は逃げようとしたのかい」

　ええ、と珠吉はいった。

「必死の形相で走り出しました。しかし猫に追われた鼠も同然で、すぐに捕まり、津之助にこっぴどく殴られました」

「そりゃかわいそうに、といいたいところだが、同情はできないね。そもそも鉄三は人を殺してる。それに、おいらに当身を食らわせて気絶させるような男だからね」

冗談めかしていった富士太郎が、訝しげな顔つきになった。

「しかし、殺した相手がいくらやくざの親分だったといっても、人殺しで捕まったら、有無をいわさず死罪になるよね。津之助に捕まったにもかかわらず、鉄三はなんで今も生きているんだい」

当然の疑問を富士太郎が呈した。

「津之助がへまをしでかしたらしいんです」

「へまというと」

「町奉行所に引っ立てていく途中、鉄三に縄抜けされ、逃がしてしまったようなんですよ」

「えっ、縄抜けだって」

「おそらく津之助のほうに油断があったんでしょう。でなければ、いくら鉄三といえども、縄抜けなんてできるはずがありませんや」

「それが因で、津之助は隠居を意識しはじめたのかもしれないね」

思慮深い口調で富士太郎がいった。

「重罪人を取り逃がしてしまったんだ、衰えを痛感したんじゃないかね」

なるほど、と珠吉は相槌を打った。

「そうこうしているうちに、旦那が捕まえようとしているという噂が流れ、それで津之助は隠居したんですね」

「そうかもしれない。でも、もう津之助は死んじまったからね。津之助の心の動きがわかったところで、益するものなどなにもないよ。おいらたちがこれからしなければならないのは、鉄三を捕らえることだよ」

力強い声音で富士太郎がいい、ふう、と大きく息をついた。

「でないと、鉄三はまた珠吉を狙ってくるだろうからね。おいらは決してそんな真似はさせないよ」

かたい決意を全身にみなぎらせ、富士太郎が高らかに宣した。

第四章

一

旅籠の臼島屋は千住宿にあり、白山権現からは二里近くもある。正確には一里三十町くらいだろうか。

その距離は今の鉄三にとって、途方もないものに感じられた。

――こんな体で、よく逃げおおせたものだ。

もし珠吉があきらめずに追ってきていたら、おそらく逃げ切れなかっただろう。

今もぜえぜえと息が荒く、胸がひどく痛い。大の大人を一人、背負っているかのように体が重い。

いま自分はどのあたりにいるのか、まったくわからないが、千住宿はまだ遥(はる)か先だということだけは、はっきりしている。

──あの宿場町が、まるで越後のように思えるぜ。

一歩一歩踏み締めるように進んでいたが、やがて歩くことができなくなり、鉄三は通り脇にある用水桶の横にへたり込んだ。

──体がいうことを聞かねえ。

それでも、じっとしていると、胸の痛みが少しだけ引いていった。

ここで眠ってしまおうか。そのほうが体のためにも、よいのではないか。夏でよかった。冬だったら凍死していたかもしれない。体から力を抜き、鉄三は目を閉じた。

しばらくそうしていたら、なんとなく力がよみがえってきた。ここまで回復すれば、また歩けるかもしれない。

──やはりこんなところじゃ、眠れねえ。宿の布団じゃねえと。

用水桶に手をかけて立ち上がろうとしたが、まったく腰が上がらない。自分の体ではなくなったみたいだ。

──くそう、なんてざまだ。

渾身の力を振り絞り、思い切り両手を用水桶につくと、わずかながらも腰が浮いた。

——よし、この調子だ。

いったん弾みがついたことで、体はかろうじて動いてくれた。よろよろしながらも、鉄三は立ち上がった。

休息を取ったおかげか、先ほどよりも体が軽くなっていた。まだ重いことは重いが、せいぜい子供を背負っているくらいになった。

だが、千住宿が遠いことに変わりはない。果てしない距離だ。

歩き通すには、どうすればよいか。杖があれば、と鉄三は思った。

しばらく進むと、道端に心張り棒のような長い棒が落ちていた。天が生きろといっている、と鉄三は確信した。

ただし、腰を曲げるのも難儀で、棒一本拾うのに、歯を食いしばらなければならなかった。

手に入れた長い棒を支えにして鉄三は歩き出した。こんな杖もどきでも、やはりかなり楽だ。

人けがまるでなく、常夜灯もろくに灯っていない暗い道を、ひたすら鉄三はとぼとぼと歩いた。

そうこうしているうちに夜が明けてきた。

――なんてこった。もう明け六つか……。

白山権現で珠吉と戦ったのは四つから九つにかけてのあいだだ。それから、三刻以上もたったというのか。

――三刻もかけて歩いてきたのに、いまだに千住宿に着かねえ。本当に、俺はもう駄目だな……。

珠吉との死闘で、体に残っていたすべての力を吐き出してしまったのだろう。そのために、それまで病を抑えつけていた力がなくなり、病がこうして台頭してきたのだ。

――こんな体じゃあ、俺はもう珠吉を殺れねえ。

無念でならないが、現実である。

――誰かに頼むほかねえな。

心当たりはない。だが、こういうのは頭の中で念じてさえおれば、いつか必ずうつつのものになる。これまでの人生で、そういうことはいくらでもあった。

――まあ、なんとかなるさ。

根拠のない希望を胸に、鉄三はさらに足を運び続けた。太陽が家々の屋根を越え、強い陽射しを投げかけてきた。

眩しいほどの明るさの中、視界に千住宿がようやく入ってきた。

――ああ、やっと着いたか。

鉄三は胸をなでおろしたが、それから先が遠かった。なかなか臼島屋が近づいてこなかったのだ。

息も絶え絶えに歩いて、鉄三は臼島屋の前になんとかたどり着いた。今までありがとうよ、といって杖代わりの棒を捨てる。

臼島屋の前にあまり人はいなかった。旅立つ者の姿はむしろ、まばらになっている様子だ。宿泊していた者の多くは、七つ立ち(だ)をしたにちがいない。

暖簾を払うのも億劫(おっくう)で、鉄三は少し頭を下げただけで臼島屋に足を踏み入れた。

「あっ、鐘三さん、お帰りなさいませ。また早くから江戸見物に出ていらし……」

声をかけてきた番頭の種吉が、鉄三を見て言葉を呑んだ。

「鐘三さん、ど、どうされました。大丈夫ですか」

「ああ、なんとかな」

種吉に顔を向けるのも辛い。鉄三は、横に長い式台に腰を下ろした。下を向き、ぜえぜえと息をついた。胸の痛みはまったく引いていかない。鉄三は横になりたかった。

「でも、あまりに顔色が……」

「持病のせいだ。仕方ねえよ」

うつむいたまま鉄三はいった。

「そうかもしれませんが……」

あまりに鉄三の顔色がひどく、種吉はかけるべき言葉が見つからないようだ。

――死人も同然ということか……。

「部屋に戻って眠りたい。そうすれば、だいぶよくなるはずだ」

「わかりました。鐘三さん、二階まで上がれますか」

「いや、自信がねえ。済まねえが、とりあえず草鞋を……」

「お安い御用でございます」

種吉が鉄三の前にやってきて、草鞋を脱がしてくれた。

「済まねえ」

なんとか礼がいえた。

「立てますか」

「一人じゃ無理だ」

「手前がお手伝いいたしましょう」

両手を伸ばし、種吉が肩を貸してくれた。そのおかげで鉄三は立ち上がることができた。

「まいりましょう」

「階段はやはり無理だ。一階で横になれる部屋はねえか」

「ございます。そちらにまいりましょう」

種吉は手近の部屋に鉄三を入れ、手早く布団を敷いた。

「横になってください」

「す、済まねえ」

死を意識して、人の善意が初めて心にしみた。

——もし種吉のような者に囲まれて育っていたら、俺も道を踏み外さずに済んでたかもしれねえな。

だが、今さらいっても詮無(せんな)いことだ。もはややり直しはきかない。

——とにかく俺は運に恵まれなかった——。

鉄三は、布団に横たわった。それだけで体は楽になったが、俺は本当にもう駄目だな、と改めて思った。

——まさか珠吉のような老いぼれに捕まりそうになるとは……。

やはり金で珠吉を殺してくれる者を見つけなければならない。

「鐘三さん、医者を呼んだほうがよくないですか。近所によいお医者がおりますよ」

「いや、いい。医者の世話にはなりたくねえ。それに一眠りするから、独りにしてくれ」

さようですか、と種吉がいった。

「では、手前はこれで失礼します。ゆっくりお休みください」

静かに襖を閉め、種吉が出ていった。鉄三は目を閉じた。

昨晩もほとんど寝ていない。鉄三は、あっという間に眠りに引き込まれた。

「このあま、殺すぞ」

「あんた、やめてよ」

喧嘩の絶えない家だった。両親の仲がよくなるのは夜だけだ。そして朝になると、また喧嘩がはじまる。その繰り返しだ。

父親の経之助は夜鳴き蕎麦屋の屋台を引いていたが、夜になってもろくに仕事に出なかった。なけなしの金で酒を買い、朝からかっ食らっていた。

母親のおたえは、袋貼りの内職をしていた。稼げる金は限られていたが、その金を経之助に巻き上げられていた。

それでよく喧嘩をしていたが、どちらも長屋を飛び出していくようなことはなかった。

喧嘩といっても、おたえがいつも一方的にやられていた。

ある日、殴られっぱなしになったおたえをかばおうと、鉄三は経之助の前に立ちはだかった。これまでも同じことをしてこっぴどく殴られてきたが、殴られる怖さや痛みよりも、俺がおっかさんを守らなきゃならねえ、という一心が常にまさっていた。

「俺に逆らう気かっ」

経之助にさんざん殴られた。だがこの日は虫の居どころが特に悪かったのか、経之助は、鉄三の目が腫(は)れて塞(ふさ)がり、唇が切れて血が滴(したた)り落ちても、手を止めなかった。

「あんた、やめてっ。鉄三が死んじまうよ」

おたえが止めに入ったことで、経之助はようやく手を引いた。

だが、さすがに鉄三のほうが我慢できなくなった。心の中で、なにかが、ぶっ
り、と切れたのだ。

堪忍袋の緒が切れるとはこのことか、と思った。鉄三は台所の包丁を手に取
り、経之助に刃先を向けた。

ぎろりと目の玉を動かし、経之助が鉄三をにらみつける。

「なんだ、てめえ、親を刺そうってのか」

「てめえなんか、親じゃねえ」

鉄三は怒声を浴びせた。

「いやなことがあるたびに、おっかさんや俺をいたぶりやがって。許さねえ。ぶ
っ殺してやる」

へん、と馬鹿にしたような声を経之助が出した。

「やれるもんならやってみろ。てめえにそんな度胸などあるはずがねえ」

「死ねっ」

経之助に向かって突進し、鉄三は包丁をためらいなく腹に突き刺した。

「げっ、やりやがったな」

包丁が刺さった腹を見て経之助が、嘘だろう、とつぶやいた。

「やれるもんならやってみろ、なんていうからだ。ざまあみやがれ」

昂（たかぶ）った鉄三は叫んだ。

「鉄三、なにをするの」

いきなりおたえに、ばしん、と頬を張られた。鉄三は後ろに吹っ飛び、箪笥に頭をぶつけた。

父親には常に殴られ続けてきたが、母親に手を上げられたのは初めてだった。おっかさんを助けるためにやったのに、と鉄三は信じられなかった。頭から血を流しつつ、呆然とするしかなかった。

経之助がよろよろと動き、どすん、と畳の上に座り込んだ。

「あんた、大丈夫」

おたえがにじり寄り、経之助にすがりつく。

「ああ、大丈夫だ。俺がこの程度の傷で、くたばるわけがねえ。だがおたえ、医者を呼んでくれ」

「わかった。いま呼んでくる」

立ち上がるや、おたえは裸足で長屋を飛び出していった。同じ長屋で暮らす者たちが、なにがあったんだい、とばかりにのぞき込んでくる。包丁が腹に刺さっている経之助を目の当たりにし、人殺しだ、と自身番に走った者もいたようだ。

刺したのになんで親父は生きているんだ、と鉄三は戸惑わざるを得なかった。おそらく、ろくに切れない包丁のせいだろう。こういう日が来ることを念頭に、もっと研いでおくか、新品を手に入れておくべきだった。

おたえに連れられて医者が来た。さっそく経之助を診はじめる。

医者によれば、傷は浅く、命に別状ないとのことだ。

「ただし、十日は安静にしていないといけない」

それを聞いて鉄三は、本当に殺し損ねちまったか、とほぞを噛んだ。千載一遇の機会だったというのに。

人のよさそうな医者は、鉄三の顔の傷の治療もしてくれた。

「代はあとでいいよ」

気軽い調子でいって医者は去っていった。

その半刻後には、岡っ引の津之助が姿を見せた。縄張ちがいのはずなのに、それを無視してやってきたようだ。

鉄三は、津之助の縄張内で何度かひったくりやかっぱらいをしていた。津之助に追いかけられたことも一度ならずあったが、たいてい持ち前の足の速さで、あっさり振り切った。

津之助は、これまで手を焼いてきた鉄三をついに引っ捕らえることができると知り、縄張を越えてわざわざやってきたのだろう。

ここ中富坂町には、津之助と通じている者がいるにちがいなかった。そいつが津之助に知らせたに決まっている。

津之助は鉄三に捕縄で縛めをした。

「ついに、おめえを捕らえることができたぜ。親を包丁で刺すなんて、孝道（こうどう）に外れる真似をしやがって。きついお仕置（しお）きが下るだろうから、楽しみに待ってな」

楽しそうに笑いながら津之助は、鉄三を引っ立てようとした。

だが、そこに定町廻り同心がやってきた。同心は樺山一太郎（いちたろう）と名乗った。いかにも精悍（せいかん）そうな中間が一人ついていた。その中間の顔に鉄三は見覚えがあった。

津之助に追いかけられたとき、路地に引っ張り込んで助けてくれた男ではないか。まさか町奉行所の中間だったとは。

「この子は、まだ十二らしいですよ」

その中間が一太郎に告げた。余計なことを、といいたげな顔で津之助が中間を見据える。

「ならば、わざわざ番所に引っ立てるまでもあるまい」

厳しい顔をした一太郎が断じた。すぐさま津之助が一太郎に抗議する。

「こういう餓鬼は、また同じことを繰り返しますぜ。一度、牢に入れて懲らしめたほうが身のためだと思いますが……」

「いや、鉄三も刺したくて父親を刺したわけではなかろう。そのひどく腫れた顔を見ればわかる。父親に散々いたぶられたのは明らかだ。鉄三を引っ立てるのなら、父親も番所に連れていかねばならぬ」

いかにも不服そうだったが、結局、津之助は一太郎に従った。おもしろくなさそうな顔で、長屋から立ち去っていく。

「だが刺してしまっては、さすがに父親とは一緒に暮らせぬな」

鉄三を見て一太郎がつぶやいた。一緒にいれば、経之助がこれまで以上に激しく暴力を振るうのは目に見えていた。

「鉄三、こっちにおいで」

笑みを浮かべて語りかけてきた中間が、鉄三を近くの路地に連れ出した。中間は、俺は珠吉という、と名乗った。

そんな名だったのか、と鉄三は思った。中間は本郷の悪童といわれた鉄三のことを覚えているはずだったが、あのときのかっぱらいについて触れるつもりはないようだ。

「おめえは、家を出るしかねえ。どこか頼れるところはあるか」

「ない」

鉄三はぶっきらぼうに答えた。

「ならば、手に職をつける気はねえか」

その言葉に鉄三は興を引かれた。

「というと」

「俺に大工の心当たりがある。大工はどうだ。やる気があれば、いくらでも金を稼げる」

「大工……。ああ、いいよ」

ろくに考えることなく鉄三は応じた。家を出られるなら、なんでもよかったが、大工にはもともと少しだけ憧れを抱いていた。

「よし、決まりだ」

うれしそうに珠吉が笑んだ。

「今から大工の家に行くか」

「いいよ」

一太郎に許しをもらい、珠吉が懇意にしている大工の棟梁のもとに、鉄三を連れていくことになった。にこにこしながら一太郎もついてきた。

着いたのは駒込肴町の大きな一軒家だった。

「三五郎、いるかい」

家に訪いを入れ、珠吉が庭のほうに回る。一太郎は外で待っているとのことだ。

「おっ、珠吉さんじゃねえか」

濡縁に座り込んで茶を飲んでいた老人が笑顔になった。

「三五郎、頼まれていた若者を連れてきたぜ。まだ子供だが、見込みがある」

おっ、と三五郎が目をみはり、呼ばれて庭に入ってきた鉄三をじっと見る。経之助に殴られて腫れあがった顔を見ても驚かなかった。

「その子が大工になろうっていうんだな。いい面魂をしてるじゃないか」

褒められて鉄三はうれしかった。

「そうだろう。この子は鉄三という」

「鉄三か。わしは大工の棟梁で三五郎だ」

張りのある声で名乗ったが、三五郎はすでにかなりの老人だった。もう七十をいくつか過ぎているのではあるまいか。おそらく引退しており、現場には出ていないのだろう。

「それにしても鉄三、ひどい怪我をしているようだな」

鉄三を見つめて三五郎がいった。

珠吉が三五郎の隣に座り、委細を話しはじめる。

「ふむ、そういうわけかい」

聞き終えた三五郎が納得したような声を出した。

「おい、鉄三。やる気はあるのか」

鉄三をじっと見て、三五郎がきいてきた。

「ある。昔から大工には憧れていたんだ。なんでもその手でつくっちまうんだから、すごい人たちだと思ってた。俺もあんな風になりてえ」

急に饒舌(じょうぜつ)になった鉄三を見て、珠吉が目を丸くした。

話はそれでまとまり、鉄三は三五郎の家に住み込んで大工見習いとなった。

ただ、いかにも意地の悪そうな幸八という若い大工に指導を受けることにもなった。

三年ものあいだ、幸八からいじめのようなしごきを受けた。

最初はなにも仕事をさせてもらえず、ただ無視され続けた。仕事をもらってもわからないことだらけだった鉄三が質問をすると、うるせえ、といって乱暴に殴りつけてきた。仕事ってのは教えてもらうもんじゃねえ、盗んで覚えるんだ、といって何も教えてくれなかった。

鉄三が板の束を担いでいるとき後ろから幸八に蹴られ、すべての板を落として汚してしまったことがあった。

「そんなに汚しちまったら、もう使い物にならねえじゃねえか」

なにをやっているんだ、とそのとき幸八に怒鳴られた。

鉄三と幸八がそれぞれ板に釘を打っているとき、わざと鉄三の指を金槌(かなづち)で打ち据えたこともあった。そのときは骨は折れなかったものの指が腫れ上がり、鉄三は半月ものあいだ、仕事ができなかった。

鉄三が屋根に上がり、そこからちがう場所に移動しようとしたとき、足を払れて下に落ちたこともあった。そのときは足に怪我をし、一月ばかり休む羽目になった。

こんなことが三年ものあいだずっと続いたのだ。抜群に腕のよかった幸八に、歳上の大工たちはなにもいわなかった。見て見ぬふりで、幸八はやりたい放題だった。

一人前の大工になりたかった鉄三は、幸八のいじめを必死に耐え忍んだ。だが、手のひらに危うく釘を打ち込まれそうになったとき、ついに耐えきれなくなった。ぶちぎれ、この野郎っ、と叫んで襲いかかった。顔の形がわからなくなるくらい、幸八をぶちのめした。

幸八を半殺しにしたからといって、気持ちはまったく晴れなかった。これで大工をあきらめなければならなくなったことが、ひたすら悲しかった。

先輩の大工が自身番に報せたことで、またしても津之助がやってきた。

幸八を半殺しにしたぐらいのことで捕まりたくはない、鉄三は逃げ出した。逃げ足の速さでなんとか逃げ延びた。それが十五のときだった。

その後、口入屋を通じて渡り中間となり、譜代大名の上屋敷で奉公をはじめた。世間から疎まれたような境遇の者が多く、居心地は悪くなかった。

いや、むしろよかった。ずっとこの暮らしを続けてもよいと思ったほどだ。

中間奉公をしている最中に博打を覚え、二年後に中間からやくざに転身した。

十七歳になった鉄三はすっかり体も大きくなり、力では誰にも負けなかった。

その体を活かし、鉄三は出入りでは無敵だった。死ぬのは、なぜか怖くなかった。人をぶちのめすことの喜びが、死の恐怖よりもまさっていた。

それに、長どすを振り回すのが性に合っていたのか、楽しくてたまらなかった。

世話になっていた金郎太親分からは、若いのに肝がずいぶん据わっているな、とほめられた。

頼りにしているぜ、と金郎太に気に入られ、鉄三は順調に出世していった。

不意に咳き込んで目が覚めた。長い夢を見ていた。

幸八の野郎め、と鉄三は思った。なんと運のいいやつなのか。この手で殺してやりたかった。

それにしても、と鉄三は思った。

——俺はこの先、どのくらい生きられるのか。今日にもくたばるのではあるまいか。とにかく、命の火が尽きるのは、そう遠くないのは明らかだ。

そう覚ったからこそ、鉄三は復讐のために、江戸の地を踏んだのだ。

——この執念深さは、親父譲りだな。血は争えねえ。

経之助に似ているなど、信じたくはなかったが、認めるしかなかった。人生というもののあまりの馬鹿馬鹿しさに、鉄三は声を上げて笑い出したくなった。

二

昨夜、白山権現で鉄三に襲われたが、珠吉は傷一つ負わなかった。

富士太郎も当身を食らっただけで、それ以外はどこも痛めてはいなかった。関わりのない者を手にかけるほどおちぶれちゃいねえ、と鉄三はいっていたが、本当に富士太郎を殺すつもりはなかったのだ。

——だが、やはり旦那は運に恵まれているぜ。普通なら、まちがいなく殺されていた……。

いま珠吉たちは日光街道を千住宿へと向かっていた。鉄三がいるかどうかはわからなかったが、やはり旅籠に逗留しているのではないか、との結論に至ったのだ。

江戸には四宿と呼ばれる宿場町がある。日光街道の千住宿、中山道の板橋宿、甲州街道の内藤新宿、東海道の品川宿だ。

そのいずれかの宿場に鉄三はいると、珠吉たちはにらんだのだ。四つの宿場町は南町奉行所からかなり離れているが、白山権現から近いのは千住宿である。

そのこともあって、珠吉たちは最初に行く宿場として千住宿を選んだのだ。

もし千住宿に鉄三がいなかったら、次は板橋宿に向かうことになっている。

足早に歩きながら富士太郎が、ああ、と不意に声を上げた。

「二人にいうのを忘れていたよ。今朝早く、山岡さまから知らせをいただいたんだ」

「なにを知らせてくれたんですかい」

前を行く富士太郎の背中に目を当てて、珠吉は問うた。振り返ることなく富士太郎が答えた。

「津之助が十人ほどの孤児を育てていたことを、このあいだ山岡さまにお聞きしたけど、おいらは、その中で津之助にうらみを抱いている者がいなかったか、山岡さまにたずねていたんだ」

「じゃあ、その答えがもらえたんですね」

「そういうことだよ」

ちらりと珠吉を見やって、富士太郎が肯定した。

「それで、どうだったんですかい」

「山岡さまは、親戚が孤児の一人を知っているといって調べてくださったんだ。その子、といっても今はもう二十歳を過ぎた大人なんだが、津之助には感謝こそすれ、うらみを抱いている者など一人もいないと、はっきり告げられたそうだよ」

「ああ、そうなんですね」

「親を亡くしてこの世に一人残された子供が、知らない男に引き取られたとはいえ、衣食住すべてを不自由なく与えられたら、確かに感謝しかないよ。守られているという気になるもの。おいらは、山岡さまにつまらないことをきいちまったよ」

いえいえ、と珠吉はすぐに言葉を発した。

「それだって、旦那がきかなきゃ、わからなかったんですぜ。実際には、殺したいと思うほど津之助を憎んでいる者が、孤児の中にいるかもしれませんよ。人というのは、なにがきっかけでうらみを持つか、知れたものじゃありませんから」

うん、と富士太郎が首を縦に動かした。

「珠吉のいう通りだよ。だからこそ逆うらみはこの世から、なくならないんだ」

途中、弁当屋で売っていた握り飯を富士太郎がいくつか買い求め、それらで珠吉たちは腹ごしらえをした。

南町奉行所を出ておよそ一刻後、富士太郎と珠吉、伊助の三人は千住宿に到着した。

さすがに盛っている宿場だ。この宿場では、一万人もの人が暮らしていると珠吉は聞いたことがある。

旅籠だけで五十五軒もあるらしい。本陣と脇本陣も、一軒ずつあるとのことだ。

日光街道沿いに連なる宿場の長さは、三十五町にもなる。街道の両側には、ずらりと旅籠や店が建ち並んでいた。

行きから旅人や馬や牛の数もことのほか多く、舞い上がった砂埃が風にあおられ、目に入った。

馬糞や牛糞が至るところに転がっている。それらを踏んづけないように、珠吉は注意して歩いた。

千住宿というのは中村町、小塚原町、掃部宿、橋戸町、河原町、千住一丁目から五丁目の全十町を合わせての呼称ということだ。

――しかし、一万もの人が住んでいるのか。それだけの者の暮らしが立つほどの活気が、この宿場にはあるということだ。

それはとんでもなくすごいことだと、珠吉は思うのだ。

鉄三の人相書を手にした珠吉たちは手分けして、旅籠を当たっていくことになった。

「珠吉、鉄三に狙われているおまえを一人にしたくないんだけどさ。捜している最中、やられないようにしておくれよ」

「大丈夫ですよ」

自信満々に珠吉は答えた。

「昨晩あっしは、鉄三を捕らえる寸前までいったんですよ。あの男に負けるわけがありませんや。鉄三のほうが、あっしに会いたくないと思っているはずですから」

「でも珠吉、油断は禁物だよ」

「ええ、よくわかっております。決して気は緩めません」

「そうしておくれ」

「旦那も気をつけてくださいね」

実際、珠吉は富士太郎のことが心配だった。

「ああ、昨晩みたいなへまをしないよう、気を引き締めて臨むよ」

「頼みます」

「じゃあ、調べはじめようか」

富士太郎たちと別れ、一人になった珠吉は、旅籠の奉公人たちに、さっそく鉄三の人相書を見せて回った。

最初は、どこの奉公人も、知りませんねえ、というばかりだった。

それでもあきらめずに旅籠を当たり続けた結果、十七軒目の旅籠で、ついに鉄三のことを知っているという奉公人を見つけたのだ。

臼島屋という古い旅籠で、奉公人は種吉といった。種吉は臼島屋の番頭で、いかにも実直そうな面つきをしていた。

「本当に鉄三はここに泊まっていたのか」

勢い込んで珠吉はきいた。

「はい、宿帳には鐘三と書いておられましたが……」

「今もいるのか」

いいえ、と種吉がかぶりを振った。

「もう発たれました」

「いつのことだ」

「四半刻ばかり前のことでございます」

ほんのわずかな差ではないか。四半刻前に出ていったのなら、まだこの宿場の外に出ていないかもしれない。

外に出て捜してみるか、と珠吉は思案した。だが、やめておいた。大勢の者が街道を行きかう中、鉄三一人を見つけ出すのは、至難（しなん）の業（わざ）だと気づいたのだ。

「鉄三はどこに行った」

珠吉は種吉に問いをぶつけた。

「手前はなにもうかがっておりませんが、故郷に戻られるようでもございませんでした」

鉄三のふるさとは江戸のはずだ。

「故郷というと」

「宿帳には越後と記されましたから、越後ではないかと存じますが……」

――江戸を追われた鉄三は越後に行ったのか。最期を迎えるために、江戸に戻ってきたのかもしれねえな。

ならば江戸を離れるわけがねえ、と珠吉は思った。

「鉄三は、なにか地名らしきものを口にしてはいなかったか」

「いえ、なにもおっしゃっていなかったかと」

鉄三は自分が追われる身であると、知っている。逃亡先について示唆を与えるようなことを、旅籠の者に語るはずがなかった。

「鉄三は何日、逗留していたんだ」

「十日でございます」

「そのあいだ、鉄三の様子はどうだった。咳き込んでいなかったか」

「ときおりひどく咳き込んでいらっしゃいました。今朝は特に顔色が悪く、こう申し上げてはなんですが、死人のようでございました」

昨晩、白山権現でかなり無理をしたせいで、病状が改まったのかもしれない。

「一人で立ち上がるのも大儀そうでございました」

「ここを引き払ったときも、そんな感じだったか」

「いえ、一眠りされて、だいぶ具合はよくなったようにございます。顔色もさほど悪いように見えませんでした。大股に歩いて出ていかれましたし……」

そうなのか、と珠吉はいった。鉄三が元気を取り戻しているなら、なおさらこの広い宿場で捜し出すのは無理だろう。

――とっくに宿場外に出ちまったかもしれねえし……。

「鉄三は、宿代はどうした」

「まず、五日分を前金で払われました。五日経って、まだご逗留されるというので、また五日分を前金で」

「前金か。金は、だいぶ持っている様子だったか」

「大金を持ち歩いているような感じは、手前は受けませんでした」

「鉄三の身なりは」

「悪くありませんでした」

「この宿を出たときの身なりは」

「紺色の小袖を着込み、振り分け荷物を両肩にかけていらっしゃいました。あと道中差も腰に帯びておられました」

そんな格好をしている旅人は、この世に星の数ほどいる。

――ふむう、ここまでか。せっかく鉄三の塒を突き止めたというのに……。

くそう、と心中で珠吉は毒づいた。惜しかった。ほんのわずかな差だった。

「番頭さん、鉄三のことで、ほかになにか覚えていることはねえか」

そうでございますねえ、といって種吉が考え込む。

「これといってないのでございますが、街道に面している二階の部屋を、ご所望になりました」

深夜、人目につかないように二階から街道に飛び下りる必要があったからだ。部屋から密かに外に出て、津之助を殺したり、白山権現で珠吉に襲いかかったりするためだ。

「鉄三は相部屋も拒(こば)んだだろう」

「はい、よくご存じで」

「ほかに思い出すことはねえか」

またも種吉が沈思(ちんし)する。

「ああ、そういえば」

「どうした」

「鉄三さんがこちらを出ていくとき、手前は見送りに出たのでございますが、鹿の野郎は、とつぶやいておられました」

「鹿の野郎、といったのか。まちがいないか」

勢い込んで珠吉はきいた。

「はい、手前の耳には、そう聞こえました」

「野郎、というくらいだから人の名だな。鹿太郎、鹿之助、鹿之丞、鹿右衛門。考えられるのはこのくらいか」

「あと、鹿蔵、鹿六、鹿吉、鹿五郎なども考えられますね」

「まあ、そうだな。もしかすると、名字のほうかもしれねえし。鹿田とか鹿山とか……」

ええ、と種吉がうなずく。

「番頭さんは、鹿という字ではじまる者に知り合いはいるかい」

種吉は考える素振り(そぶり)を見せなかった。

「いえ、手前には一人もおりません」

「俺も同じだ。してみると、そういう名の男は珍しいのかもしれねえな」

鉄三は、鹿という字が名につく男のところに行こうとしているのかもしれない。

あの、と種吉が珠吉に遠慮がちに話しかけてきた。

「鉄三さんは、いったいなにをされたのでございますか」

「人殺しだ。実をいえば、俺も昨晩、鉄三に殺されかけた」

「えっ、人殺し……」

口を呆けたように開け、種吉が絶句する。ごくりと喉仏を上下させた。

「そういう風にはまったく見えませんでした」

「番頭さんは客を相手にする商売だから、人を見る目が養われているだろうが、それでも人の本性を見抜くのは難儀なことだ」

「本当でございますね……」

種吉に礼をいって、珠吉は臼島屋をあとにした。富士太郎たちと合流し、いま聞いたばかりの話を語った。

「そうかい、先ほどまで鉄三は臼島屋という旅籠にいたのかい」

悔しそうに富士太郎が唇を嚙む。気を取り直したように珠吉に目を向けてきた。

「鉄三は、鹿の野郎、といっていたんだね」

「番頭は、そういっていました」

「鹿の字がつく名なんて、おいらには心当たりがないねえ」

「あっしもですよ。伊助はどうだい」

珠吉は伊助に水を向けた。

「あっしも知りませんねえ。おしかさん、という女性なら一人、知っていますが」

「おしかか……」

つぶやくようにいって、富士太郎が首をひねる。

「でも、鉄三が野郎といっている以上、やはり男だろうね。鉄三は、鹿という字が名につく男を頼ろうとしているわけだね。もしかすると、金が尽きてきたのかもしれないよ」

旦那、と珠吉は呼びかけた。

「なんだい」

「鉄三はあっしを狙っているんですよね。でしたら、あっしが囮(おとり)になれば、いいんじゃありませんかい」

「馬鹿いうんじゃないよ」

富士太郎が珠吉の提案を一蹴する。

「そんな危ないこと、珠吉にさせられるわけがないだろう」

「しかし、見つけ出すより誘い出すほうが、手っ取り早いですよ」

「そうかもしれないけど、あまりに危険だよ。その策はのめないね」

「でも……」

「珠吉、しつこいよ。おいらが駄目といったら駄目なんだ」

富士太郎にぴしゃりといわれ、珠吉は黙り込んだが、数拍のち口を開いた。

「旦那に、いい考えはあるんですかい」

「今のところはないよ。おいらは地道に調べていくだけだからね」

「地道にですかい……」

そうだよ、と富士太郎が力強い声でいった。

「それが一番の近道だと思うんだ。危険も少ないしね」

富士太郎にいわれ、珠吉は考えた。

「そうかもしれませんねえ。仮にあっしが囮になっても、鉄三が引っかかるとも限らないし」

「鉄三は用心深くなっているはずだよ。こちらがなにか仕掛けても、罠ではないかと疑うに決まっている。珠吉、今回の鉄三の一件は地道に調べていこう。そうすれば、きっと道は開けるよ」

「よくわかりやした。旦那のいう通りだと思います」

富士太郎に感服した珠吉は深く頭を下げた。

三

金は大事だ。もうだいぶ残り少なくなっている。大切に使わなければならない。

——俺の命が果てるのと、金が尽きるのと、どちらが早いか……。

「月代(さかやき)を剃(そ)っておくか。これから人に会うのに、見た目は大事だ」

振り分け荷物から剃刀(かみそり)を取り出した。刃をじっと見る。

——そういえば、こいつには命を救われたことがあったな。

臼島屋を引き払った鉄三は、迷うことなく鹿右衛門の家を目指した。

もうかなりの歳だが、鹿右衛門はまだ生きているだろう。あの男が、たやすくくたばるはずがない。

今も男が大好きで、新たな肌を求めているはずだ。それこそが鹿右衛門の若さの秘訣(ひけつ)なのだ。

鉄三自身、いま体はさして重くない。よく眠ったことで体調がよくなったようだ。

やはり睡眠は大切だ。体が軽くなったとまではいえないものの、歩くことに支障はない。赤子二人を背負っているくらいの感じだ。

ゆっくり歩いた鉄三は、千住宿から一刻半ほどかけて駒込追分町にやってきた。無理は禁物だ。急いで歩いて、体の不調を引き起こしたくない。

駒込追分町に入った鉄三は、なんとなく懐かしさを覚えた。この町に鹿右衛門の家があるのだ。

迷うことなく一本の路地を入り、竹藪(たけやぶ)が茂っている角を曲がると、正面に大きな一軒家が見えた。路地はあまり人が通ることはなく、常に静かなものだ。

——変わってねえな。

枝折戸(しおりど)を開け、鉄三は戸口に立った。この家は、庭に回れるようにつくられていない。庭は高く厚い塀で仕切られている。

手を上げ、鉄三はどんどん、と戸を叩いた。

「どなたですか」

戸の向こうから若い男の声が聞こえた。鹿右衛門の声ではない。男妾（おとこめかけ）のものだろう。

「俺は鉄三という。鹿右衛門さんはいるかい」

戸に向かって鉄三は話しかけた。

「どんな用ですか」

「鹿右衛門さんに会いたい。鉄三が来た、といってもらえれば、会ってくれるはずだ」

「わかりました。少々お待ちください」

戸から男の気配が離れた。

待っていると、気配が戻ってきた。からり、と戸が開いた。

「おっ、本当に鉄三さんじゃないか。生きていたのか」

目を丸くして、鹿右衛門がまじまじと見てくる。

「ああ、なんとかね」

目の前に鹿右衛門の顔がある。やはりだいぶ老けていた。しかし、生きていてくれれば、それ以上望むことはない。

「それにしても鉄三さん、ずいぶん面変わりをしたね。しかも、だいぶやせた」

「ああ、苦労したんだ」

ふふ、と鹿右衛門が笑った。

「そのようだ。まあ、入ってくれ」

「済まねえ」

三和土に足を踏み入れた鉄三は、振り分け荷物を式台に置いた。その横に腰を下ろし、草鞋を脱いだ。

今朝は草鞋も自分で脱げなかったことを思えば、だいぶ調子が戻った。病のことなど、忘れてしまいそうだ。

「上がってくれ」

鹿右衛門にいざなわれ、鉄三は家に入った。

「相変わらずよい家だ」

その言葉を聞いて、男妾とおぼしき若い男がいやそうな顔をした。なぜだ、と鉄三は訝った。

「うむ、今でも家には金はかけているよ」

「そのようだな。畳のよいにおいがする。腰高障子も真新しい」

鉄三は奥の間に通された。

「茶を飲むか」

「ああ、もらえるか」

「もちろんだ。行之助、淹れてきてくれるかい」

鹿右衛門が男妾に頼んだ。

「わかりました」

行之助と呼ばれた男が、不機嫌そうな顔で台所のほうへと向かう。

あぐらをかいた鉄三は鹿右衛門を見つめた。

「喧嘩でもしてるのか。虫の居所が悪そうだが」

「ああ、ふくれていなさるのさ。わしがほかの男に懸想しているのが気に入らないんだ」

行之助が盆を手に戻ってきた。湯呑を鉄三の前に置く。

「そうじゃないよ」

いきなり行之助がいったものだから、鉄三は目をみはった。

「なにがそうじゃないんだ」

鹿右衛門が行之助にきいた。

「旦那さまがほかの男に懸想しているのが気に入らないわけじゃない」

「だったら、なにが気に入らないんだ」

少し声を荒らげて鹿右衛門が質した。

「ほかの男に気持ちが移ったんなら、あたしを解き放ってくれたらいいのに、そうしないからだよ」

「確かに別の男をいとおしく思ってはいるが、おまえから気持ちが移ったわけではない。おまえのことも、前と変わらず惚れているよ」

「でも、今は別の男のほうが好きなんでしょ」

「それは、そうなんだが……」

「そっちの男とは、どうもうまく行きそうにないから、あたしを手放すのが惜しくなっているだけでしょ」

「まあ、そうだ」

鹿右衛門が認めた。

「おまえを手放したら、おまえほどの者を次に見つけられる自信がない。だから手放さないんだよ」

「でも、あたしはもう嫌なの。もうここにいたくないの。お手当をもらい、出ていきたいの。だから、早くお手当を払ってよ」

「払ったら出ていくのがわかっていて、払う馬鹿はいない」

「もうっ」

地団駄を踏んで行之助が部屋を出ていった。

「まったくわがままで困る」

首を振りながら鹿右衛門が愚痴をこぼした。

「鹿右衛門さんには、ほかに好きな男がいるのか」

「ああ、いる。ぞっこん惚れておる」

「金ではどうにもならんのか」

「それがならんのだ」

鹿右衛門が困り顔になる。

「それで弱っていたのだが、わしももう歳だ。思い切って決着をつけることにした」

興を抱いて鉄三はたずねた。

「どうする気だ」

眉間に深いしわを刻み、鹿右衛門はしばらく考え込んでいたが、やがて迷いを振りきるように顔を上げた。

「ある殺し屋に仕事を頼んだ」

「殺し屋だと」

瞠目して鉄三は鹿右衛門を見つめた。

「では、好きな男を殺すつもりなのか」

目をみはって鉄三はきいた。

「そういうことになる。それで永遠にわしのものになるからな」

目を輝かせて鹿右衛門がいった。

「それはまた思い切ったことを……」

ごくりと唾を飲み、鉄三は姿勢を正した。

「ところで、その殺し屋のことだが」

殺し屋のことを口にして気持ちがすっきりしたのか、鹿右衛門が晴れやかな顔を向けてきた。

「うん、なんだい」

「腕はいいのか」

「ああ、抜群らしい。これまでやり損ねたことがないそうだよ」

そんな腕利きなのか、と鉄三は驚いた。

「渡りに舟とはこのことだ。悪いが俺に紹介してくれんか」

真剣な眼差しを鹿右衛門に注いで、鉄三は頼み込んだ。

「構わんが、殺したい者がいるのか」

「ああ、いる」

「だが鉄三さん、もちろん金がいるぞ。持ち合わせはあるのか」

「いくらだ」

「わしの場合は十両だった」

なんと、と鉄三は腰を浮かせかけた。

「それはさすがに無理だ」

「ならば五両、用意できるか」

「それも無理だ」

「そうか」

しばらく鹿右衛門は考え込んでいる様子だった。

「その五両、わしが差しあげよう」

えっ、と喉の奥から声が出て、鉄三はしばらく咳き込んだ。

「おいおい、大丈夫か。見ているこちらのほうが苦しくなるような咳だな」

ようやく咳がおさまり、鉄三は顔を上げた。

「ああ、もうどうにもならん」

ふうふう、と鉄三はしばらくあえいでいたが、それもやがてやんだ。

「そうなのか……。本当に治らんのか」

「治りそうにないな。それで五両の話だが、本当に出してくれるのか」

「ああ、やろう。それで頼めばいい」

「五両で足りるのか。鹿右衛門さんは十両で頼んだんだろ」

「わしの場合は二人だから十両だ」

二人も殺そうというのか、と鉄三は思った。

——もう一人は行之助だろうか。

「一人五両ということか」

「そうだ」

鹿右衛門が立ち上がり、鍵（かぎ）のかかった箪笥から財布を取り出した。そこから五枚の小判をつかみ出す。

手を伸ばして鉄三は受け取った。重みが手のひらに伝わる。

「ほら」

「ありがたい。ここに来てよかった」

鉄三も振り分け荷物から巾着を出し、そこに五両をしまった。

「それで、その殺し屋にはどうすれば会える」

「わしがその殺し屋のもとに案内しよう」

「ありがてえ」

「なーに、いいのさ。鉄三さんには世話になったからな」

鹿右衛門が居住まいを正す。

「それで鉄三さん、誰を殺したいんだ」

真剣な面持ちで鹿右衛門が問うてきた。

「珠吉だ」

眉根を寄せて鹿右衛門が首をひねる。

「その名は聞いたことがないな。何者だ」

「南町奉行所の定町廻りに付いている中間だ」

「うらみでもあるのか」

「ああ、もちろんだ。俺が死ぬ前に、必ずあの世に送らねえと気が済まねえ」

「そうか、その中間といろいろ因縁があったのだろうな」

ああ、と鉄三は肯定した。

「それで鉄三さん、今日はどうした。なぜうちにやってきた」

それか、と下を向いて鉄三はつぶやいた。

「この家に泊めてもらおうと思ってな」

「ああ、構わんよ」

鹿右衛門が鷹揚（おうよう）に請け合った。

「鉄三さんが好きなだけいればよい」

「済まねえ」

うれしくてならず鉄三は深く低頭（ていとう）した。

「なに、さっきもいったが、鉄三さんには世話になったからな」

鹿右衛門とは、鉄三がやくざをしているときに知り合った。一度、鹿右衛門はたちの悪い男妾をつかまされたことがあったのだ。その男は手癖（てくせ）が悪く、金を盗む、夜の相手をせずに飯ばかり食う、終いには寝小便までする。

さんざんな目に遭って鹿右衛門はその男妾を買い戻させようとしたが、仲介をした女衒が応じなかった。そこでその手の交渉に長けているやくざ者を探したところ、人から金郎太一家を紹介されたのだ。

鹿右衛門から依頼を受けた鉄三が乗り出し、女衒と買い戻しの交渉をした。全額を取り返し、鉄三は鹿右衛門に厚く感謝された。

「部屋はどこがいいかな」

鹿右衛門にきかれ、鉄三は部屋を見回した。

「ここでもよいか」

「ああ、かまわないよ」

「助かる」

「いや、本当にいいんだ。鉄三さん」

鹿右衛門が案じ顔で呼びかけてきた。

「少し眠ったほうがよいのではないか。だいぶ顔色が悪いぞ」

「そうか。ならば、お言葉に甘えさせてもらってよいか」

「もちろんだ」

鹿右衛門が押入れから布団を出し、敷いてくれた。ありがとう、といって鉄三は横になった。その上に、鹿右衛門が掛布団をかけてくれた。

「すごいな、掛布団とは……」

大名になった気分だ。

「腹が減ったらいってくれ。用意をさせよう」

「済まねえ」

腰高障子を閉め、鹿右衛門が出ていった。鉄三は目を閉じた。

とてもよい布団で体がふんわりと包み込まれているのがわかる。鉄三はすぐに眠りに引き込まれた。


親分の金郎太から、いつの間にか鉄三は疎まれるようになっていた。若い鉄三に、その座を力尽くで奪われるのでは、と恐れられていたのだ。

鉄三と金郎太の仲がうまくいっていないことをどこで聞きつけたか、金郎太と縄張争いをしている一家の親分の加吉が、金郎太を殺せば代貸として迎え入れてやる、といってきた。

そのころ、金郎太一家の中で居場所がなくなっていた鉄三は、それを受けた。

すぐさま寝首をかくようにして金郎太を殺し、加吉に会いに行った。

すると、いきなり二人の用心棒があらわれ、鉄三は殺されそうになった。金郎太を殺した鉄三の息の根を止め、金郎太一家の縄張をそっくりいただこうという策略だったのだ。

そんな策にあっさりと乗ってしまった自分が情けなく、頭に血が上った鉄三は加吉を殴りつけた。

加吉が頭を小簞笥の角にぶつけ、気を失った。いや、明らかに加吉は死んでいた。当たり所が悪かったのだろう。

きさま、と二人の用心棒が斬りかかってきた。加吉が帯びていた長どすを手にして応戦する。怖いもの知らずの鉄三は二人の用心棒に続けざまに傷を負わせた。他の子分たちが殺到するなか、長どすを振り回しつつ、その場から逃げ出した。

加吉の子分が報せたのか、それとも、鉄三があとをつけられていたのか、津之助が追いかけてきた。

そのときはなんとか津之助を撒いたが、逃げ場がないことに鉄三は気づいた。金もない。鉄三は、加吉一家に金郎太一家、そして津之助に追われる身となってしまったのだ。

どうすればいい。鉄三は必死に考えた。そのとき頭に浮かんだのは、珠吉の顔だった。珠吉なら助けてくれるかもしれない。

夕刻、人の顔の見分けがつかなくなった頃、鉄三は珠吉を湯島天神に呼び出した。だが、そこに津之助も姿をあらわしたのだ。

「珠吉、ありがとうよ。知らせはもらったぜ」

津之助が、珠吉に感謝の言葉を述べた。珠吉に裏切られたと思い、鉄三は体から力が抜けた。逃げ出そうとはしたものの、津之助に捕まり、半殺しにされた。

津之助に引っ立てられて町奉行所に向かったときは、もう駄目だ、俺は獄門（ごくもん）だ、と観念したが、剃刀を隠し持っていることを鉄三は思い出した。

それを津之助に気づかれないよう密かに使い、捕縄を切った。同時に津之助の巾着も切り、自分のものとした。すでに夜になっており、鉄三は闇に紛れて逃げ出した。

津之助があわてて追ってきたが、逃げ足は鉄三のほうが速かった。

金郎太を殺し、加吉も殺した。津之助の巾着も奪った。

そこまでした以上、さすがに江戸にはいられない。鉄三は上方（かみがた）を目指すことにした。

津之助の巾着には、金がたっぷり入っていた。上方に行くには、十分過ぎるほどの額だった。

しばらく大坂の旅籠に泊まっていたが、さすがに金が続かなくなった。大坂にも中間の仕事はあった。だが、江戸とはちがい、あまりなじめなかった。

その後、鉄三は北前船の水夫になった。だが、乗り組んでいた光輪丸が嵐に遭い、あっけなく沈没した。


妙な息苦しさを感じ、鉄三は目を覚ました。いま俺は夢を見ていたんだ、と思った。

——あのとき助かったのは、ただ運がよかっただけだ。

光輪丸に乗り組んでいた者は、鉄三を除きすべて死んだらしい。

越後村上近くの海辺に流れ着いた鉄三は近在の村の者に助けられた。木山村といい、戸数十五戸ばかりの寒村だった。

木山村は若い男を必要としていた。鉄三は後家をあてがわれ、そのまま村に居着くことになった。

後家はおとよといい、穏やかな気性で働き者だった。

家のそばにあるわずかな耕地を耕して蔬菜をつくったり、漁に出て魚を獲ったりするのは鉄三にとって楽しく、心が落ち着くものだった。

気持ちがこれほどまでに平穏だったことは、生涯で一度もなかった。

ついに終の棲家を見つけたと思っていたが、天はそれを許さなかった。

ううぅ、と柔らかな布団にくるまれつつ鉄三は嗚咽を漏らした。

——くそう、なんであんなことに……。

起き上がり、がつっ、と畳に拳を叩きつけてみたが、いたずらに小指のあたりが痛くなっただけだった。

産後の肥立ちが悪く、おとよが赤子とともに死んでしまったのだ。

ようやく幸せをつかんだと思ったのも束の間、またしても鉄三は一人ぼっちになってしまった。なにもかもがうまくいかない。

「珠吉の野郎が俺を売らなければ……」

今のような境遇にはなっていない。すべては珠吉や津之助、幸八のせいだ。

木山村にいたときから鉄三自身、体の不調を感じていた。もう長くないのは、まちがいなさそうだった。

生まれ育った町で最期を迎えようと、ありったけの金を懐に入れて、鉄三は江戸に向かった。おとよのいない村にいても、意味はなかった。

珠吉たちに復讐を果たし、自分もあの世に行ければいい。あの世に行けば、おとよだけでなく、死んだ赤子にも会えるだろう。

鹿右衛門と男妾は、相変わらずうまくいっていないようだ。今も口喧嘩をしていた。

いきなり、ぎゃあ、と断末魔の悲鳴が聞こえた。いったいなにが起きたのか。仰天した鉄三は、声がしたと思える部屋に行ってみた。

部屋の真ん中で、鹿右衛門が匕首を手に呆然と立ちすくんでいた。鹿右衛門が見下ろしているのは、畳の上にうつ伏せた男妾である。

胸のあたりから血を流しているようだ。もう息をしていないのは明らかだった。

鉄三は瞠目した。鹿右衛門に低い声で質す。

「殺したのか」

「ああ、殺しちまった」

死骸から目を離すことなく鹿右衛門がうなずいた。気持ちはさほど波立っていないように見える。

「なぜそんな真似を」

鹿右衛門が鉄三に目を向けてきた。

「頭に来たからだ。わがままばかりいうこの男にうんざりしちまってな」

昔も怒るときは烈火（れっか）の如く怒ったものだったが、さすがにこんな簡単に人を殺すような男ではなかった。

ずいぶん短気になったものだ。やはり人というのは歳を取ると、我慢が利かなくなるようだ。

「殺し屋に行之助殺しを頼んだのでは」

鹿右衛門があっさり首を横に振った。

「いや、頼んでおらんよ」

そうか、と鉄三はいった。そうすると、もう一人は誰なのか。

「ところで骸はどうする」

眉根を寄せて鉄三は鹿右衛門にきいた。

「わしも、どうせ死ぬんだ。骸はこのままにしておけばいい」

「鹿右衛門さんが死ぬとは、どういうことだ」

「それはいずれわかる」

——まさか殺し屋に頼んだもう一人とは、鹿右衛門自身のことか。

鉄三は、行之助の骸から鹿右衛門に目を移した。

「鹿右衛門さん、頼みがある。今から俺を殺し屋のところに連れていってくれんか」

「ああ、そうだな。行っておくほうがいいな」

いったん奥の間に戻り、鉄三は振り分け荷物に入れてあった巾着を取り出し、懐にしまい込んだ。

匕首を始末した鹿右衛門が外で鉄三を待っていた。

「では鉄三さん、行こうか」

「よろしく頼む」

鹿右衛門と肩を並べて鉄三は歩きはじめた。

「鹿右衛門さんは、どうやってそんな腕利きの殺し屋を知った」

「男妾をときおり頼んでいた口入屋の親父だよ。かなりの年寄りだったんだが、その人と一緒に飲んだとき、殺し屋の話をしてきたんだ。冗談かと思ったが、本当の話だった。歳を取った上に酔ったせいで、口が軽くなったんだな」

そういうことか、と鉄三は相槌を打った。

「それでどうした」

「その口入屋の親父は、その後まもなく死んじまった。これは病死だった。もともと持病があったみたいでな」

「ふむ、俺と同じか」

「まあ、そうだな。わしはその頃、ある男妾を別の者と取り合いになっていてな。その競争相手を消してもらおうと思って、殺し屋に頼んでみたんだ」

「それでどうなった」

「競争相手は自害したよ」

「なんと」

さすがに鉄三は驚かざるを得ない。

「殺し屋が、自害に見せかけて殺してくれたんだ。それでわしが手に入れたのが、行之助だよ」

「えっ、そうだったのか」

思ってもいない展開だ。

「行之助はいい男だったんだが、やはりわがまますぎてな。わしは正直、持て余していた」

その後、二人は無言で歩いた。

やってきたのは、谷中三崎町にある円大寺という小さな寺である。

「ここに殺し屋がいるのか」

こぢんまりとした山門を見上げて鉄三は、ささやき声でたずねた。

「そうだ。この寺は殺し屋自身が買ったそうだ。むろん住職は、ちゃんと別の者を据えている」

山門をくぐり、鹿右衛門が庫裏を目指す。その後ろを気圧されるような思いで、鉄三はついていった。

「ごめんください」

庫裏の玄関に足を踏み入れ、鹿右衛門が声を発した。若い僧侶がやってきた。

「候林さんはいらっしゃるかな」

穏やかな声で鹿右衛門がきいた。

「はい、いらっしゃいます。どうぞ、お上がりください」

若い僧侶に案内されて、鉄三と鹿右衛門は広々とした畳の間に通された。二十畳ほどの広さがあるのではないだろうか。

座布団が二つ敷いてあり、鹿右衛門がまず座った。その横に鉄三も端座した。

すると、それを見ていたかのように横の舞良戸が開き、一人の男が入ってきた。僧衣をまとっており、頭巾もかぶっている。僧侶そのものにしか見えない。

この候林という男が、腕利きの殺し屋なのか。鉄三はにわかには信じがたかった。

男が座布団を使うことなく鉄三たちの正面に座り、頭巾を取った。

その男の顔を一目見るなり、鉄三はかたまった。喉の奥のほうで、息が詰まったまま出てこない。

「い、生きていたのか」

鉄三はようやく言葉を口にできた。候林も目をみはって鉄三を見つめている。

「おまえこそ」

「あれからどうしていた。なにゆえ殺し屋などになった」

鉄三の目の前に座しているのは、光輪丸で船頭を務めていた猪四郎である。

「話せば長い。一言でいえば、わしはあの嵐を機に生まれ変わったんだ」

「あの嵐で、俺も人生が変わった……」

「面貌はさして変わっておらんが、体つきはかなり変わったな。ずいぶんやせた。病にでもかかっているのではないか」

「ああ。咳が出はじめると、死ぬほど苦しい。これで死病でなかったら、なんだという話だ」

そうか、と無表情に候林がいった。

「候林という名も、光輪丸から取ったのだな」

「そうだ」

それまで二人のやり取りを黙って聞いていた鹿右衛門が口を挟んだ。

「二人は顔見知りだったか。ならば、わしが紹介するまでもないな」

「その通りだ」

候林が鹿右衛門にうなずいてみせる。

「鉄三、仕事を頼みに来たのか」

「そうだ」

巾着から五両を取り出し、鉄三は畳の上に並べた。それを見て候林がうなずく。

「誰を殺してほしい」

「珠吉という南町奉行所の定町廻り付きの中間だ」

深く息を入れ、鉄三はなんとか喉の疼き(うず)を抑え込んだ。

「珠吉をこの手で殺したかったが、もう俺にはできん。どうやっても無理だ。頼めるか」

「承知した」

猪四郎が快諾した。鉄三の横で、鹿右衛門が満足そうな笑みを浮かべ、鉄三に話しかけてくる。

「これで、その珠吉とかいう男の運命は決まったよ」

「いつ殺る」

居住まいを正して鉄三は候林に質した。

「今は注文が詰まっていてな。申し訳ないが、ちとかかるかもしれん」

「別にどれだけかかっても構わん。必ず殺してくれればよい」

「わかった。仕事は必ずやり遂げる」

強い口調でいって候林が深く顎を引いた。

四

富士太郎が珠吉をじっと見る。

「前に珠吉は、鉄三がやくざの親分を殺したといったけど、いったい誰を殺したんだい」

「金郎太という親分です。一時、鉄三が世話になっており、昇竜の勢いでのしてきた一家ですよ」

「その一家は、まだあるのかい」

「潰れたという話は聞きませんから、あるんじゃないですかね」

「行ってみようと思うんだけど、どうかな」

えっ、と珠吉は声を漏らした。伊助も意外そうな顔をしている。

「金郎太一家にですかい。でも、鉄三が金郎太一家を頼るとは、とても思えませんぜ」

「でもさ、親分の仇として一家の者は鉄三をずっと捜しているんだよね。鉄三についていろいろと知っているかもしれないじゃないか。行ってみて、損はないと思うんだ」

「なるほど、目の付けどころがちがいますね。さすが旦那だ。頭の出来もちがう」

「そんなに褒めても、なにも出ないよ」

珠吉は富士太郎と伊助とともに、金郎太一家に向かった。

金郎太一家は潰れることなく、今も神田相生町にあった。親分が殺されても、名も変わっていなかった。おそらく親分になった者が代々、金郎太を名乗るのだろう。

戸口に立ち、珠吉は、どんどんと障子戸を叩いた。すぐに障子戸が開き、若い男が顔を見せた。ずいぶん荒（すさ）んだ顔が、富士太郎を目にした途端、こわばった。

「なにか御用ですかい」

目を泳がせながら男がきいてきた。

「親分に会いたい」

富士太郎がずばりといった。

「どんな用件ですかい」

「それは親分にじかにいうよ」

「わかりました。少しお待ちくださいますか」

「わかったよ」

障子戸が閉まり、若い男の顔が消えた。

すぐにまた戸が開いて男が顔をのぞかせた。どうぞ、といい、富士太郎が招き入れられた。さすがに富士太郎をやくざ者の一家に一人で行かせるわけにはいかず、珠吉と伊助も中に入った。

奥の間で今の親分の金郎太と会った。

「これは八丁堀の旦那、ようこそいらっしゃいました」

金郎太が丁寧に挨拶してきた。富士太郎が返し、珠吉と伊助もそれに倣った。

「それでご用件は」

身を乗り出して金郎太がきいてきた。

「鉄三の消息を知らないかい」

さらりとした口調で富士太郎がたずねた。眉をひそめて金郎太が富士太郎を見る。

「鉄三というのは、先代の金郎太親分を殺した鉄三のことですかい」

「そうだよ」

「八丁堀の旦那、なぜあっしにそんなことをきくんですかい」

意外だという思いを露わに金郎太がいった。

「いや、鉄三について詳しく知っているかと思ってさ」

「先代を殺されて、あっしらは鉄三のことは捜しまくりましたが、結局、やつの居どころはつかめませんでした。あの男は、きっと上方にでも行ったのでしょう」

　いかにも無念そうに金郎太が顔を歪めた。

「八丁堀の旦那がそんなことを聞きにいらっしゃるくらいだ。もしかして、鉄三が舞い戻ってきているんじゃありませんかい」

「ああ、江戸に戻ってきている」

「やっぱり」

　顔色を変え、金郎太が片膝を立てた。

「どこにいるんですかい」

　富士太郎に顔を近づけ、金郎太が強い語調できいた。

「それを、おいらたちも調べているんだよ」

　平静な声で富士太郎が伝えた。

「ああ、そういうことですかい。居場所は知れていねえのか……」

　力なく座り直し、金郎太がため息をつく。ところで、と富士太郎がいった。

「おまえさん、鹿の字が名につく男を知らないかい」

「鹿の字ですかい……」

　下を向き、金郎太はしばし考えていた。

「一人、知っていますよ」

「誰だい」

富士太郎がすかさずきく。

「鹿右衛門という男ですよ」

「鹿右衛門かい。何者だい」

「前は大店（おおだな）の主人でしたが、今は隠居しており、男妾と暮らしておりますよ」

男妾かい、と珠吉は思った。

「鉄三との関わりは」

「鉄三がうちの一家に世話になっているとき、男妾の一件で、いろいろと手を貸してやっていたんですよ」

金郎太がぎろりと目を光らせる。

「まさか鉄三は、鹿右衛門のところにいるんじゃないでしょうね」

「まだわからないよ。おまえさんは鹿右衛門がどこに住んでいるか、知っているのかい」

「もちろんですよ。鉄三と関わりがあった者は、漏れなく調べましたから」

「それで鹿右衛門はどこにいるんだい」

あれはどこだったかな、といって金郎太が考え込む。

「ああ、思い出しましたよ。駒込追分町です」

旦那の縄張だな、と珠吉は思った。

「鉄三は、その鹿右衛門の隠居所にいるんじゃないんですかい」

「おまえ、行く気じゃないだろうね」

鋭い口調で富士太郎が金郎太に質した。

「もちろんそのつもりですよ」

声を張り上げて金郎太が答えた。

「許さないよ」

凄みを利かせた声で富士太郎が制した。

「鉄三は先代の親分の仇だ。あっしらで仇を討たせてもらいます」

おまえ、と富士太郎が低い声で呼んだ。

「そんなことをいうくらいだから、当然、仇討ち願いを公儀に届け出ているんだろうね」

えっ、と金郎太が意表を突かれたような声を漏らした。

「そんなもん……仇であることに変わりは……」

「仇討ち願いを出していないと、仇を討っても仇討ちとは認められないよ。もしおまえが鉄三を殺しても、それはただの人殺しだからね。おいらはおまえを容赦なくしょっぴくよ。この一家は終わりだよ。それでもいいのかい」

啖呵を切るように富士太郎がいった。金郎太がたじろぎ、瞳を左右に揺り動かした。

「いえ、一家が終わってしまうのは、よろしくありません」

先ほどまでの威勢のよさは、霧のように消えている。

「先代の金郎太親分の仇は、代わりにおいらたちが討ってやるよ。吉報をおとなしく待ってな」

「わ、わかりました」

殊勝な顔になった金郎太が深く頭を下げた。よし、といって富士太郎が立ち上がる。珠吉も伊助とともに富士太郎に従って外に出た。

――しかし今の旦那はすごい迫力だったな。

大したものだ、と珠吉は感服した。

――これなら俺が隠居しても、なんの心配もいるめえ。

「今から鹿右衛門の家に行くよ」

神田相生町から駒込追分町までは半里ちょっとある。

珠吉たちは四半刻ほどで到着した。

鹿右衛門の家は少し入り組んだ場所にあるとのことだったが、自身番に詰めていた町役人の案内で、珠吉たちは迷うことなく目当ての家の前に立った。

かなり大きな家だ。八部屋くらいは優にあるのではないか。

富士太郎が家の中の気配を探っている。

「人がいるような気はするんだけど……」

「何人ですかい」

「一人のような……。正直よくわからないね。おいらは直之進さんじゃないからね」

「いるとしたら、鉄三ですかね」

これは伊助がたずねた。

「そいつもわからないね。よし、こんなところでぐずぐずしていても仕方がないよ。家に入ってみよう」

戸の前に立った富士太郎が、手で戸を開けようとした。しかし心張り棒が支ってあるようで、わずかに戸が持ち上がっただけだ。

「御用だよっ」

いきなり富士太郎が叫び、戸を蹴倒した。どたん、と大きな音を立て、戸が向こう側に吹っ飛んだ。

富士太郎の後ろについて珠吉も家に入り込んだ。懐から十手を出し、握り締めている。伊助も十手を手に、珠吉の後ろにしっかりついてくる。

珠吉は素早く富士太郎の前に、するりと出た。家の中には血のにおいが漂っていた。珠吉は顔をしかめた。誰か死んでいるのではなかろうか。

血のにおいに引っ張られるように、珠吉は左にある部屋のほうへと進んだ。

驚いたことに、そこには若い男の死骸が横たわっていた。うつ伏せになって息絶えている。どうやら刃物で殺されたようだ。

死んでから、かなりときがたっているらしく、畳の上の血溜まりはかたまり、死骸自体も硬直していた。

「珠吉」

どこからか、呼ぶ声が聞こえた。今の声は、と珠吉は思った。富士太郎のものではなかった。だとしたら、誰の声なのか。一人しか考えられない。

珠吉が声のしたほうに向かうと、奥の間に一人の男が力なく座っていた。

「鉄三……」

顔色がひどく悪く、体はやせこけていた。

――七年前とは別人だな。

鉄三はこんなにひどい状態だったのか、と珠吉は息をのんだ。こんな体で珠吉とやり合ったのだ。執念を感じさせた。

「さすが珠吉だ。やはり来たか」

その声が聞こえたようで、富士太郎と伊助も姿を見せた。

「鉄三、縄を打つぞ。いいな」

珠吉がいったが、鉄三はなにも答えない。ただ黙って珠吉を見ているだけだ。

珠吉は富士太郎に目を転じた。富士太郎がうなずき、縄を打ちな、と命じる。

珠吉が歩み寄ろうとしたとき、鉄三が不意に口を開いた。

「今日はとても調子がよかったんだ。だが、外出先から帰ってきたら、その揺り返しか、体が動かなくなっちまった。胸も痛い」

確かに、鉄三はもはや体の自由が利かないようだ。それでも珠吉を見て、にやりとした。なんの笑いだ、と珠吉は訝しんだ。

その直後、ひどく咳き込み、鉄三が背中を丸めた。見ていられないほど激しい咳が、ひとしきり続いた。

ようやく咳が止まった途端、鉄三が血の塊を吐いた。血のよだれを流しつつ顔を上げる。

「向こうの部屋で男が死んでいただろう。行之助といってな、男妾だ。殺したのは鹿右衛門だ。二人のあいだでいざこざがあって、刺し殺しちまったんだ」

「鹿右衛門はどこにいる」

鉄三に近づき、富士太郎が問うた。

「俺を置いて、どこかに行っちまったよ」

「心当たりは」

「さあな。あってもいわねえよ」

「まあ、そうだろうね」

首を動かし、鉄三が珠吉を見つめる。

「珠吉よ、なんで俺を津之助に売ったんだ」

「売ってなんかいねえ」

「嘘をつくなっ」

いきり立って鉄三が吼(ほ)えるようにいった。またすぐに激しく咳き込んだ。

「嘘じゃねえ」

咳がおさまるのを待って珠吉は告げた。

血走った目で鉄三がまじまじと珠吉を見る。

「本当か」

「本当だ」

「まさか……」

鉄三の目に一瞬、鋭さが戻った。

珠吉は、ふっ、と息をついた。

「俺は嘘なんかつかねえ。知らせはもらったぜ、というあの言葉は、津之助の出任せよ。それをおめえはあっさり信じちまった。まったく悪党とは思えねえ人のよさだぜ」

「そ、そうだったのか……」

鉄三は唖然としている。

「だが、あれが仮に嘘でなくても、おめえの人生に変わりはなかったさ。転げ落ちていくだけの人生だったんだ」

「ああ、そうかもしれねえ。ろくなことをしてこなかったからな……」

小さく息をつき、鉄三が力なくうなだれた。

「珠吉、俺はおめえに済まねえことをしちまった」

ゆっくりと顔を上げて鉄三がいった。

「なにをした」

鉄三を見据えて珠吉は鋭く質した。

「おめえを殺すように、ある殺し屋に頼んじまった」

「なんだって」

叫ぶようにいったのは富士太郎である。

「どこの殺し屋に頼んだんだい。鉄三、いうんだ」

「わかったよ。教えよう」

口を開き、鉄三がなにかいいかけた。だが、言葉の代わりに、ごぼりと出てきたのは、またしても血の塊だった。がくりと前のめりになり、鉄三が顔から畳に突っ伏した。

口からあふれた血が畳に広がっていく。どす黒い色をしており、ひどいにおいを放っていた。津之助の血のにおいと変わらない。

鉄三は、もうぴくりとも動かなくなっていた。

——ずいぶんあっさりと逝っちまったな。

珠吉は天井を見上げてつぶやいた。

「珠吉……」

真剣な顔で富士太郎が見つめてくる。

「今の鉄三の言葉は嘘じゃないよ。死ぬ前にいった言葉だからね」

「ええ、よくわかっていますよ。あっしは殺し屋に狙われているってことですね」

顔を歪めて珠吉はうなずいた。

「珠吉、おいらが必ずおまえを守るよ。守ってみせるからね」

力強い口調で富士太郎がいった。

「ええ、頼みます」

旦那ならきっとそうしてくれると、珠吉は思っている。強い信頼がある。

「手前も微力ですが、お力添えをさせていただきます」

「伊助、ありがとよ。力が湧くぜ」

珠吉は富士太郎に眼差しを注いだ。

「でも、あっしも殺し屋如きに殺られるつもりはありませんぜ」

「その意気だよ」

珠吉をじっと見て富士太郎が称える。

――どんな難敵だろうと、あっしは必ず打ち勝ってみせますさあ。

富士太郎を見つめ返し、珠吉はかたい決意を胸に刻んだ。

著者あとがき

読者の多大なる支持があったからこそ『口入屋用心棒』シリーズは、区切りの五十巻目を迎えることができた。

読者の中には、かつて何度も作中で触れてきた鰻の富久家を訪れ、おいしい鰻を食した方もいる。『口入屋用心棒』を読み、湯瀬直之進の故郷沼里の舞台となった沼津にわざわざ足を運んでくれたのだ。感謝以外の言葉が見つからない。

『口入屋用心棒』シリーズが始まったのは二〇〇五年のことである。今年ちょうど二十年目に突入したことになるが、発端は双葉社の編集者Y氏が、まだ駆け出し作家だった私に会いに沼津へやってきたことだ。

喫茶店で向かい合って座ったY氏から、どんなものを書きたいかと問われた私は「藤沢周平さんの『用心棒日月抄』のようなものを考えています」と即答した。

Y氏に異存はなく、綿密な打ち合わせを行った上で、第一作目の執筆が始まった。そのときはこのシリーズがまさか五十巻も続くことになろうとは、頭の片隅にもなかった。

シリーズ第一作目となる『逃げ水の坂』は『用心棒日月抄』とはまるで毛色がちがう仕上がりとなったが、読者に受け入れられ、発売即重版となった。

今『逃げ水の坂』は三十五刷まで版を重ねているが、これは明らかにY氏の熱意の賜(たまもの)である。ヒット作を輩出する編集者は、強烈な熱量を持っているものだ。

人生の先達(せんだつ)でもあるY氏からは作品のことだけでなく、生活面でもたくさんの助言を受けた。おかげで六十三歳になった今も、私はプロ作家として活動を続けられている。

その後、Y氏は双葉社を定年退職し、O氏が後任になった。O氏はY氏以上に熱心で、『口入屋用心棒』が今日まで続くことになった最大の功労者といってよい。

なかなか執筆が進まない私を頻繁に励ましてくれたものだ。もしO氏がいなかったら、シリーズはここまで続かなかったに違いない。

ただし、その熱意はときに容赦なく、私は何度も書き直しをさせられている。

最大で二百五十枚の書き直しをしたこともある。作品をよくするためだから、O氏の熱意に応えようと、歯を食いしばってがんばったものだ。

しかし、どんなに努力をしようとも売れ行きが芳しくなければ、シリーズ物は打ち切られる運命にある。

読者のおかげで『口入屋用心棒』シリーズはその運命を逃れ、今月の五十巻目に続いて来月には五十一巻目も刊行される。

節目の五十巻を迎えた今、これまで以上にがんばって全百巻を目指そうと、私は気持ちを奮い立たせている。

この作品は双葉文庫のために書き下ろされました。

双葉文庫

す-08-50

口入屋用心棒（くちいれやようじんぼう）

殺し屋の的（ころしやのまと）

2024年1月10日　第1刷発行

【著者】
鈴木英治（すずきえいじ）

【発行者】
箕浦克史
【発行所】
株式会社双葉社
〒162-8540 東京都新宿区東五軒町3番28号
［電話］03-5261-4818（営業部）　03-5261-4868（編集部）
www.futabasha.co.jp（双葉社の書籍・コミックが買えます）
【印刷所】
中央精版印刷株式会社
【製本所】
中央精版印刷株式会社

【フォーマット・デザイン】
日下潤一

ISBN978-4-575-67188-9 C0193
Printed in Japan